半グレ

HAN-GURE

草下シンヤ

彩図社

装画　usagi
装丁　勝浦悠介

目次

ブラック企業

1

僕はなんとしても就職しなければならなかった。

中学二年のときに父が死んだ。原因は過労。

仕事が生き甲斐だった父は、同僚や上司から少しは休めと言われていたが、忠告を無視して働き続け、自業自得で死んだ。会社からは二十万円の弔慰金《ちょうい》が出たきりで、母は僕と七歳年下の妹をパートを掛け持ちして育てることになった。

僕は国公立大学を目指したが、滑り止めの私学にしか受からず、母はそれでも進学させてくれた。わずかな父の死亡保険金は僕の学費でほとんどが消える。母は働き続けた。今度は妹を進学させなければならないからだ。

元気そうに振る舞っている母だが、この間台所に立っている姿を見たとき、遠くを放心した様子で眺めていた。僕に気付いていつもの表情に戻ったが、明らかに母は疲れている。今度は僕が働く番だった。

だから僕は、社員数五人のイベント会社で、社長がサーファーのような風貌をしていても、隣に座る専務という真冬なのにこんがりと日焼けをした男が圧迫面接をしてきても、にこやかに答えて、なんとしても就職しなければならないのだ。

「随分童顔《どうがん》ですけど、本当に大学生ですか？」

サーファー風の社長から投げかけられた質問に笑顔で答える。

「はい、よく言われます」

「ホントにうちで働くつもりあるんですか？　一応六大学ですよね」

続いて日焼け男にかけられた言葉にも笑顔を絶やさない。

「はい、イベント関係の御社に興味があります」

日焼け男は野太い声で続ける。

「今まで何社ぐらい受けたんですか？」

「二十社ぐらいです」

本当は五十社受けて内定が出ていない。大手企業ばかりを受けていたが、一向に成果が出ないため、中小企業も考えるようにしたのだ。ネット上で見付けたこのエスコーポレーションという会社の新卒採用に応募すると、とんとん拍子に面接が決まった。

日焼け男がにやついた顔で聞く。

「いい大学に通っているのに、今まで決まっていないというのはマズイんじゃないですか？　あなたに問題があるように思えるんですが」

自分では一生懸命就活をしているつもりなのに結果が出ない。大手企業の三次、四次面接には進んだが、来るのは不採用のお祈りメールばかりだ。何通も何通も、今後の貴殿の成功をお祈りしていますというメールを見ると気持ちが塞《ふさ》ぎ込んでくる。最低でも年内には決めたいと思っていたが、すでに年は明け、一月下旬に差し掛かっている。就職留年する余裕のないうちの家計では、就職が決まらなければフリーターになるしかない。

「就職活動は会社とのお見合い場だとよく言われます。今まで面接を受けてきた企業さんとは縁がありませんでしたが、御社にはひかれるものを感じます。なんでもやりますので、よろしくお願いします」

「そういう感じ好きじゃないですね。どこか嘘っぽいんですよ」

僕の言葉に日焼け男が眉を顰《ひそ》めた。

「なんでもやるってなんですか？　うちに入ってなにをやるかも分かってないのに、なんでもやるなんてよく言えますね」

それは、と口ごもると社長が助け舟を出してくれた。

「でも、そう言ってくれるならありがたいと思うな。君、体力ありますか？」

「あるほうだと思います」

「入社したらイベント会場の設営とかやってもらいますが力仕事ですよ。大丈夫ですか？」

「やらせてください」

考えるより先に口が動いていた。僕の言葉に社長はまんざらでもなさそうな顔をしたが、日焼け男の眉間の皺は一層深くなる。

「俺、適当なこと言うやつ信頼できないんですよね」

「言うだけいいんじゃない？　言った以上やらないといけないわけだし」

「軽口を叩くやつに限ってすぐに辞めるんです」

「前田は礼儀にうるさいからな」

社長は他人事のように言った後、口をつぐんだ。

日焼け男が僕を正面から見据える。一重まぶたの奥の目がギラついている。

「あなたね、ひょっとしたら就職できればどこでもいいと思っているんじゃないですか？」

姑息かもしれないが、父が過労死したこと、今後は妹の学費を稼ぐため、自分が母の代わりに働かなければならないことを話した。取り繕った自分ではなく、このときだけは自然に言葉が出てくるのが不思議だった。

僕が話している間、日焼け男の表情に変化があった。眉間に寄っていた皺が一層深くなったかと思うと、目を細め、僕を睨み据えるようにし、その後、目線をテーブルに落とした。日焼け男も社長もなにも言わずに十秒ほどが流れた。

重苦しい沈黙の中、社長が栗色の髪の毛をかきあげて告げた。

「君、採用でいいですよ」

僕は思わず顔を前に突き出した。

「前田、文句ないだろ」

反発するかと思いきや日焼け男は素直に頷いた。

「社長がいいと言うなら」

社長がさわやかな白い歯を見せる。

「じゃ、そういうことで。四月から来てください」

「決まりですか」

「そうですよ」

「ですが、まだ一次面接というか」

筆記試験もしていない。メールフォームからの応募で面接が決まり、その場で採用されたのだ。

「採るって言ってるんだからいいでしょう」

「は、はあ」

戸惑ったままの僕に社長が手を伸ばし握手を求めてきた。

「社長の堀です。こいつは専務の前田。よろしく」

手をつかむと、これが契約だと言わんばかりに、強い力で握られた。給料や勤務時間などは後日電話で伝えるということになり、面接は終了した。現実感が乏しいまま頭を下げて、来年度からお世話になることになったエスコーポレーションを後にする。

会社を出るとき、後ろから、あいつ大丈夫ですかね、という日焼け男の声が聞こえた。それに社長は、ダメならダメで次を採ればいいでしょと答えていた。

2

お兄ちゃん、すごいじゃん、と夏樹《なつき》ははしゃいでいる。自分の好きな男性アイドルグループのイベント会場の設営をエスコーポレーションがやっていたというだけでテンションが上がる。自分も高校一年生の頃はこんなに無邪気だったのだろうか。

だって会場でだれだれ君に会えるかもしれないんでしょと弾んだ声で言うので、そんなのは分からないし、会えたとしても社員だから話すことはないと答える。

「そっか、残念……。でもすごい！　イベント会社ってカッコいいよね」

夏樹の言葉に悪い気はしない。社長と専務の態度は不安だったものの、入社したら他の会社ではできない面白い仕事ができるはずだ。そんな気持ちに水を差したのは、隣に座る彼女の真由美だった。

「でもね、夏樹ちゃん。私はちょっと心配なんだ」

「なんで？」

「真《まこと》はこんな性格だからあまり気にしてないけど、ブラック企業かもしれないでしょ」

労働環境が劣悪だったり、パワハラがひどかったり、給料がほとんど支払われなかったり、土日も休みがなかったり、それで精神的に追い込まれて会社を辞めるときも「あ、そう」の一言しかかけられないブラック企業。たしかにその可能性は否定できない。

「特にベンチャー系になると、ブラック企業が多いの。私と真の先輩でもひどい会社に入って鬱になった人もいるんだから」

真由美は同じ大学、同じ学部に通っている。大学二年のときから付き合い始め、今では僕がいなくてもうちを訪ねてくるほど家族と仲が良い。

「お兄ちゃんの会社はブラック企業なの？」

「それは分からないけど、小さな会社だし、芸能関係でしょ、私心配だよ」

真由美は派手な容姿とは裏腹に必要以上に心配性なところがあり、こちらまで精神的に磨耗してしまうことがあった。先日、採用が決まったことを報告すると、はじめは喜んだが、すぐに心配性モードに入り、大丈夫かな、その会社大丈夫かなと繰り返すようになった。

「大丈夫だって言ってるだろ。ホームページだってあったし」

「ホームページなんてどんな会社だってあるよ」

「取引先は結構立派だったぜ」

「そんなの本当か分からないじゃない」

「うるさいなぁ。大丈夫だって」

　本当は僕も不安なのだが、反論してしまう。真由美は十月の時点で大手人材派遣会社の総合職の内定を受けていて、僕とは状況がまるで違うのだ。でもさあ、と真由美が更に続けようとしたので、僕は嫌気が差してきた。

　そのとき台所から足音とともに、のんびりした声が聞こえてきた。

「はいはい、お待たせー」

　熱い土鍋を鍋つかみで抱えた母親がやってきた。テーブルの上のカセットコンロに土鍋を置き、僕の正面に座る。カセットコンロの周りにはしゃぶしゃぶ用の肉やポン酢入りの取り皿が並べられている。僕はコンロに火をつけた。

　夏樹は、わー、おなかすいたと言い、真由美もぐつぐつと音のする土鍋を前にしたことでそちらに気が引かれたようだ。土鍋の蓋を開けると、湯気とともに、すぐに食べられるように火を通してあった野菜が姿を現した。母が僕のグラスにビールを注いでくれ、母と真由美、夏樹はウーロン茶入りのグラスを持つ。

　母が改まった様子で僕を見た。

「真、就職おめでとう。これからがんばってね」

「うん、ありがとう」

グラスを宙に浮かせていると夏樹から声が飛んだ。

「お兄ちゃん、乾杯でしょ」

「俺が言うのかよ」

「お酒持ってるのお兄ちゃんだけだし」

「そうか。じゃあ、就職やっと決まりました。えーっと、乾杯」

みな乾杯と言い、グラスをコツンとぶつけた。


食事を終え、膨らんだ腹をさすっていると母親が立ち上がった。

「お父さんに報告しなくちゃね」

居間の仏壇には真面目一筋に生きた父の遺影が飾られている。母と並んで正座をし、その後ろに夏樹と真由美が座った。母が線香を立て、お鈴《りん》を鳴らす。

「お父さん、真の就職が決まりました。見守ってあげてくださいね」

母は手を合わせた。僕たちも同じようにする。

仕事のしすぎで死んだ父に就職の報告をするというのも妙なものだが、母はきっとお父さんのように真面目に働いてほしいけど、真面目すぎないように見守っていてくださいとでも思っていそうだった。

誰よりも長い間手を合わせていた母は仏壇の引き出しから長方形の箱を取り出した。澄んだ眼差しで僕に向き直る。僕も自然に背筋が伸びた。

「真、これはお父さんとお母さんからのプレゼント」

箱を渡された。

「俺に？」

「そうよ、開けてみて」

箱を開けると、見覚えのあるブランド名が刻まれた高級時計が現れた。嬉しいというより、こんなに高いものをどうやって買ったのだろうという気持ちが先立った。

「こんなにいい時計……」

困惑気味に言うと、母は目を潤ませた。

「真が小さいとき、お父さんと話をしていてね、真の就職が決まったときにはいい時計をプレゼントしたいって話していたの。いい時計をしていれば、周りの目も変わってくるし、なにより仕事に臨む自分の気持ちが変わってくるんだってね」

そう言う父の時計が安物だったことを僕は知っている。一緒にデパートに買いにいったのだ。だが、その父は僕にいい時計を贈ってくれた。

「この時計はお父さんとお母さんからの贈り物。しっかり仕事をして一人前になってね。そうすればお父さんも喜んでくれるわ」

僕は目頭が熱くなった。時計を取り出して、腕に巻いてみた。高級感のある輝きは僕の腕には早い気がしたが、この時計が似合う人間になることが父の気持ちに応えることだ。

お父さん、とつぶやいた夏樹が顔を手で覆った。父のことを思いながら涙を流す夏樹の頭を母が撫でる。真由美も涙ぐんでいる。

僕は父の遺影に向き直り、腕時計をはめなおした腕で再び手を合わせた。

3

四月一日、エスコーポレーションに初出勤した僕は先輩社員たちの前で挨拶をした。社長の堀や専務の前田をはじめ、誰もが無関心そうなのが気になった。中にはあくびをしているホストみたいな者もいた。

挨拶が終わると、社長が僕のところにやってきて、君の机だからと事務机を指差した。机の上には社名入りの名刺が置かれていて、社会人になったという自覚が湧いてくる。座って待っていて、と社長が言うので、この机からどんな社会人人生が始まるのかと希望で胸を膨らませていた。

「真」

名前を呼ばれて振り向くと、前田が立っていた。人当たりがいい社長と違い、日焼けをした仏頂面が恐ろしい。返事をして立ち上がると、前田は窓際の席についているホスト風の男に声をかけた。挨拶のときにあくびをしていた男だ。名前はたしか、曽根《そね》といった。

曽根が人懐っこそうな笑顔を浮かべて歩いてきた。

「なんですか。前田さん」

「これから設営だ。お前と真で行くぞ」

「え？　ちょっと早くないですか」

時刻は九時半。前田は億劫そうに答えた。

「イベントは俺らの都合じゃねえんだよ」

「分っかりました」

曽根は従順そうに頷き、入口に向かって歩き出した前田の後ろをついていく。どうしていいか分からずに立ち尽くしていると前田が振り返った。

「お前も行くんだよ」

「僕もですか」

「今日から社員だろ。だったら働くんだ」

もっともな言い分だったが、初日というのは、電話の取り方を教わったり、この会社や業界のルールを教わるのが普通じゃないのか。僕は慌てて二人の後を追った。

麻布十番の雑居ビルにオフィスを構えるエスコーポレーションは一階部分の駐車場を借りていた。停まっているのは左ハンドルの白のレクサス。いい車ですねと僕が言うと、前田から社用車だという答えが返ってくる。眠たそうな目をこすりながら運転席のドアを開けようとした曽根を、前田が止める。

「お前じゃない」

前田は僕に目を向けた。

「履歴書に運転免許あるって書いてあったよな」

「はい」

「運転は下っ端のお前がするんだ」

そう言って鍵を放り投げてきた。

なんとか鍵をつかんだが、突然の展開に戸惑いを隠せない。

「免許はありますが、大学生のときに取ったきり一度も運転していません」

一度も公道を走ったことはない。友達と車で出かけるときもお前はペーパードライバーだから止めておけと言われ、運転させてもらえなかったのだ。しかし僕の返事を聞いた前田は無言のまま眉間に皺を刻んでいる。そこに曽根が進言した。

「前田さん、俺が運転しますよ。真君は後ろに乗ってくれればいいから」

助かりますと頭を下げようとしたが、前田の怒号が駐車場の壁に反響した。

「お前は黙ってろ！　新人が運転するんだよ！」

そう言ってさっさと後部座席に乗ってしまった。曽根に目をやると、こうなったらお手上げとばかりに肩をすくめ、後部座席に乗り込んでしまった。

「ちょっと……」

僕の声を聞いてくれる人はいなかった。

4

設営会場についた僕はすでにぐったりしていた。初めての公道、初めての左ハンドル――緊張のあまり信号待ちをしているとき、吐き気が込み上げてくるほどだった。特に右カーブをするときは道路が見えないため、慌ててハンドルを切ってしまい、十キロほどの速度しか出ていないのにタイヤがスピンしていた。その音を聞いて、後部座席の前田はなにが面白いのかゲラゲラと笑い、曽根は甲高い悲鳴を上げていた。

イベント会場の設営は完全な肉体労働だった。

今回のイベントは、女性向けハイブランドのファッションショーで、設営部隊の仕事は、モデルが歩く花道を鉄骨で組み、ボルトで固定して完成させることだ。仕切りを任されているエスコーポレーションは二十人ほどの作業員を雇っていた。

前田は作業員が働く様子をタバコを吸いながら眺めている役だが、僕と曽根には作業員と同じ仕事が与えられた。曽根は弱り顔で前田に、それならスーツじゃないって言ってくださいよと言っている。人員不足の作業員の代わりをさせられるのはこの会社では珍しくないようだ。

曽根とタッグを組んで鉄骨を運んだ。明日開催されるファッションショーの設営は遅れ気味らしく、現場監督から檄《げき》が飛んでいる。五分も動けばスーツの中は汗だくだ。

「先輩、こういう仕事多いんですか」

鉄骨の頭のほうを持つ曽根に語りかける。スーツ越しでも分厚い胸板が分かる前田とは違い、曽根の身体は細くて薄い。曽根は振り返ろうとしてバランスを崩した。僕まで足がもつれる。

「先輩、危ないですよ」

「ごめんごめん、それでなんだっけ」

「こんな仕事よくあるんですか」

「たまにだよ。真君はいきなり運が悪いよね」

そうなのか。少しほっとした。設営中の花道の脇に鉄骨を置くと、それを作業員たちが組み立てていく。次の鉄骨を取りに戻るとき、現場監督と談笑している前田が遠くに見えた。

「前田さんって厳しそうですね」

「結構怖いよ」

「どんなふうに怖いんですか」

会社のことや上司のことが気になって仕方がない。

「相手の業者とかがミスをしたりすると結構怒ってるよね」

その姿が目に浮かぶ。不安になった僕に曽根は優しく語りかけてくれた。

「でも、前田さんは身内には優しいから大丈夫だよ。俺も真君のことフォローするしね」

昼休みを挟んで作業を続けると花道はほぼ仕上がり、会場の設営も終盤に差し掛かっている。僕も曽根もスーツを脱ぎ、ネクタイを外し、ワイシャツを肘までたくしあげている。何本目か分からない鉄骨を持ち上げたとき、会場にざわめきが広がった。

ステージに目をやると、ショーに出演するモデルたちが演出家とともにステージに出てきている。汗臭い会場に花が咲き、心なしかいい香りが漂う感じさえした。モデルたちは僕たちには目もくれず、熱心に演出家の説明に耳を傾けている。みな驚くほどスタイルがよく、ステージの上と下とではまるで人種が違っていた。しばらくの間、モデルたちに見入っていた作業員たちだったが、現場監督に鞭《むち》を入れられ、再び動き始めた。

数分後、先程より大きなざわめきが広がった。

ステージを見ると、そこには立ち並ぶ何人ものモデルが色あせて見えるほど美しい女が立っていた。モデルたちが熱心に演出家の話に聞き入っているのに対して、その女は気だるそうに会場全体を眺めている。ステージの奥まった場所に立っているにもかかわらず、そこだけスポットライトが当たっているようだ。

「川西《かわにし》ユリカだ」

作業員のつぶやきが聞こえ、タレントの川西ユリカだと気づく。グラビアアイドルとしてデビューした後に高い演技力が評価され、モデル、女優、歌手などのさまざまな顔を使いこなす、今最も人気のあるタレントだ。

ユリカはステージ上を散策するように歩き、僕のほうに顔を向けた。

その瞬間、僕の身体はユリカの視線に撃ち抜かれた。肩に乗せていた鉄骨の重さが消滅する。ユリカが僕を見てかすかに微笑み、嬉しそうに手を振った。僕は肩からずり落ちそうになる鉄骨の感覚で我に返った。

ユリカの目線は僕を透過し、後方に向かっている。

視線の行方を探して首をひねると、壁際に前田が立っていた。前田はそっけないしぐさでユリカに手を上げて応えている。二人は顔見知りらしい。ユリカはすぐにステージを降りていったが、僕はしばらく足がふわつき、作業に集中することができなかった。

設営が完了したのは夕方六時過ぎだった。曽根は時折休憩していたが、新入社員の僕は休むわけにもいかず、ボルトを締める作業を延々と手伝った。帰るかという抑揚のない言葉が前田からかけられ、ようやく帰社できることになった。

「初日はどうだった？」

前田の問いかけに、疲れましたと答える。

「面接のときなんでもやるって言ってたもんなあ。明日も同じ仕事だって言われたらどうする？」

「明日は作業着持ってきます」

「その答えは嫌いじゃないな」

「前田さん、さっきステージに川西ユリカが出てきたじゃないですか」

「ああ」

「前田さんに向かって手を振っていたみたいなんですけど知り合いなんですか」

「いちおうな」

川西ユリカの美しさを思い出して、疲れが吹き飛んだ。

「すごいじゃないですか。川西ユリカと知り合いなんて」

「お前、ミーハーだったのか」

「そうじゃないほうだと思うんですけど、川西ユリカ見たらアガりますよ」

健全な男子だったら誰でも反応するだろう。僕は興奮気味に続けた。

「めちゃめちゃかわいいですね」

「俺にはいい女には思えねえけどな」

最初はカッコつけているのかと思ったが、表情に変化はない。前田は口をつぐみ、代わりに話しかけてきた曽根と川西ユリカについて語り合う。大変な一日だったが、川西ユリカを見られたことで、収支はプラスに転じたようだ。

前を歩く前田が立ち止まった。

僕に向かって放り投げたのは車の鍵。レクサスが停まっている。

「帰りも運転頼むぞ」

仕事はまだ終わりそうになかった。

5

勤務初日にブラック企業であることを疑い、毎日こき使われたらたまらないと思ったが、イベント設営に労働力として使われるのは二週間に一度ほどだった。あとはイベントのDM発送や電話番、画像加工ソフトを使ったチラシ作りの手伝いが業務の中心になる。

二ヶ月間働いて、土日に仕事が入ったのは六日間。そのうち二日は代休をもらったから恐れていたほど労働環境が悪いわけではなかった。暇なときは尋常ではなく暇で、曽根はPCで麻雀ゲームに興じているし、社長と前田はどこかに消えてしまう。

　他の社員の中には昼飯に行ってくると言って外出し、なかなか帰ってこないと思ったら、パチンコ店でドル箱を積んでいるような者もいた。驚かされるのは、そのことを会社に戻ってきてから社長に、三万も勝っちゃいましたよと報告していることだ。社長は仕事しろよなーと緊張感のない口ぶりで注意している。

　社会人経験のない僕でも、エスコーポレーションが普通ではないことは分かる。人材派遣会社の総務部に配属された真由美は忙しくしているし、医療品販売会社の営業マンになった大学時代からの親友の広志《ひろし》は昼食をコンビニのおにぎりですませなければならないほど業務に追われている。

　二人に会社の状況を話すと、のんびりした性格の広志は、いい会社だよなと羨ましそうに言うが、真由美はそんな会社普通じゃないよと心配している。もっとも真由美は僕が休日出勤になり、デートの予定が流れてしまうことが気に食わない様子ではあったが。

　やけに暇な時間は多いのだが、不思議なことに仕事の電話は引っ切りなしにかかってくる。それはみな「社長宛」「前田宛」の電話だった。だいたいかけてくる相手は不機嫌そうな声だったり、軽薄そうな声だったり、まともに仕事を頼もうとする態度ではない。

だが、その電話を社長か前田に回すと、百万二百万という仕事が決まっていく。

エスコーポレーションは先日川西ユリカを見たファッションショーもそうだが、意外と大きなイベントの仕事を請け負っている。真面目に働いているようには見えない社長は実はやり手なのかもしれなかった。

電話だけではなく、来客も社外ではあまり見ない風貌の者が多かった。

浅黒い肌の男、据わった目で周囲を威嚇している男、金髪の男、首筋にまで派手なタトゥーの入っている男——

彼らはたいてい社長か前田を訪ねてきて応接室で話し込んでいるが、その会話の中には僕が理解できない言葉も多い。お茶を出すのは僕の役目だが、こんな若いのいたっけという剣呑《けんのん》な眼差しを向けられることが多く、その都度肝が縮み上がる。首筋まで竜のタトゥーが入っていた男が帰っていった後、僕は前田に聞いてみた。

「今の人は取引先の人ですか」

前田は面倒臭そうに首をかしげ、答えなかった。答えたくない質問には黙るのがこの人の流儀だ。僕が自分の席に戻ると社長が近づいてきた。

「昔の友達だよ。世間話に来てるんだ」

社長は白い歯を見せて笑う。曽根に聞いた話だが、その異様に白い歯はインプラントしたものらしい。

「真は刺青、見慣れてないのか」

社長はそう言い、ワイシャツのボタンを外した。

まさか——

はだけた肩口には虎の刺青が彫りこまれていた。僕はそれを見て眩暈がした。この会社はただのブラック企業じゃない。それと同時に社長に違和感を覚えた。大きく開いた瞳孔、奇妙に引きつった口元。なんだか普通の雰囲気じゃない。

「うちはまともなイベント会社だ。いまどき、これぐらいファッションだ」

社長の爛々と光る目に見据えられて身動きが取れない。

「社長、あんま脅かさないでやってくださいよ」

声をかけてきたのは前田だった。前田は僕に静かに告げた。

「心配すんな。お前は自分の仕事をすればいいんだ」

前田の態度が癪《しゃく》に障ったのか、社長がいきり立ったように言い返す。

「お前だってショッテるもん見せてやれよ。今、額《がく》入れてるところだろ」

「社長それぐらいにしましょう」

前田は押し殺した声で言った。

二人は数秒間見詰め合っていた。

かと思うと、社長が突然笑い出す。

「悪い悪い。少し悪戯《いたずら》がすぎたな。真、気にしないでくれ」

だが、そう言った後、すぐに不機嫌そうな顔になった。離れた席に座っていた曽根を呼びつける。

「曽根のは見たことあるか?」

「ないです」

喉が張り付いたように渇いていた。

見せてやれ、と社長に言われた曽根はシャツのボタンを開け、肩を剥き出しにした。そこに刻まれていたのは竜でも虎でもなく、太陽の柄と融合させたアンパンマンの刺青だった。

「曽根、刺青のこと話してやれ」

曽根には十歳ほど年の離れた弟がいたが、先天性の病気で五歳のときに亡くなってしまった。その弟が大好きだったのがアンパンマンなのだという。弟が死んだとき、曽根は自分の身体を通して弟に世界を見せてあげたいと思い、アンパンマンの刺青を彫ったということだった。

「いい話だろ、こいついいやつなんだよ」

社長は感極まったように言うが、刺青に耐性のない僕は頷くことはできない。それにしても社長の感情の起伏の大きさが気になる。

そのとき会社のドアが開く音がした。社長の首がおもちゃの人形のように回る。

ドアから入ってきたのは、高級そうなスーツに身を包んだ長身の男だった。

綺麗に撫で付けられた軽くウェーブのかかった黒髪、切れ長の涼し気な目元、不健康にも見える青白い肌――どこか作り物っぽい印象を受ける。

その男が入ってきたことで、室内に充満していた重苦しい雰囲気が晴れ、代わりにヒリつく緊張感が漂った。社長がすぐに飛んでいく。

「乙矢《おとや》さん、どうしたんですか」

下手に出る社長の姿は初めて見た。乙矢と呼ばれた男はゆったりとした口調で言った。

「みんなはだけてなにかのイベントですか」

社長は頭をかきながらボタンを留めた。前田と曽根も乙矢に頭を下げ、だらだらと過ごしていた社員たちも全員立ち上がっている。僕からすればこの会社の社員は猛獣のようなものだが、それを瞬時にしたがえる乙矢という男は何者なのか。

「真、乙矢さんに挨拶しろ」

社長に呼ばれて頭を下げると、乙矢はじっと僕のことを見た。隅々まで観察されているような眼差しだ。

「君ですか」

「はい?」

「最近入った普通のやつというのは」

僕の存在は社長や前田からそう伝えられているようだ。刺青に怯えていた自分が情けなくなり、悔しさがこみ上げてきた。

「はい、他のみなさんに比べると普通だと思います」

社長や前田の表情が険しくなった。乙矢ともう少し話してみたかったが、社長が遮《さえぎ》るように、今日はなんの用事で来たんですかと問いかける。乙矢は淡々と、仕事の話ですよと答え、社長と前田を連れて退室しようとした。

ドアから出ようとしたとき、乙矢が足を止め、僕のほうを振り返った。ゆるみかけた空気が再び引き締まる。

「なんて名前でしたっけ?」

「真です」

「覚えておきますよ」

乙矢は口元に微笑をたたえて出ていった。

虚脱感に包まれて自分の席に座った。曽根が話しかけてくる。

「真君いいな。名前覚えてもらってさ」

「乙矢さんってどういう人なんですか」

緊張しながら答えを待った。ヤクザの偉い人という言葉が返ってきたとしてもおかしくない。曽根は快活そうに答えた。

「うちのオーナーだよ」

「オーナー？　堀さんは？」

「堀さんは社長で、オーナーは乙矢さん。乙矢さんのことはみんな尊敬してるんだ」

堀は雇われ社長で、乙矢が株主ということなのだろう。

「なんだかすごい人ですね」

僕の言葉に曽根はしみじみ頷いた。

「乙矢さんみたいにカッコよくなりたいよなあ」

6

話せることと話せないことがある。それはどれだけ親しい友人が相手でも、彼女が相手でも、家族が相手でも同じことだ。

僕の部屋に彼女の真由美と親友の広志を呼んで、酒を飲んでいた。社会人になってから二ヶ月が経ち、会社の愚痴を言い合っていたのだが、酒が進むにつれ、話題の中心はエスコーポレーションになっていった。

「やっぱり危ない会社だよ。絶対ブラック企業！」

内定が決まってから嫌というほど聞かされている言葉を真由美が口にする。

「給料もしっかり払われてるし、残業だって少ないし、そんなにやばくないでしょ」

これは言える話。だが、刺青を入れた来客が多く、それを迎える社員にも刺青が入っているというのは言えない話。心配性の真由美に対して広志はのんびりしたものだ。

「仕事があるだけいいんじゃない。どこの会社だって厳しいのは同じなんだからさー」

ピントが外れている気がするものの、これが広志のいいところだ。でっぷりとした体型に呑気そうな垂れ目。温厚さを絵に描いたような広志に僕はいつも助けられている。

「そうだよ。日本経済全体が衰退してるんだから、高望みしちゃいけないよな」

自分に言い聞かせるように言う僕に、真由美は唇を尖らせる。

「でもさー。ベンチャー系っていつ潰れちゃうか分からないよ」

「業績はいいみたいなんだ。大きな仕事は入ってきてるみたいだし」

これは言える話。だが、怪しいクライアントが多く仕事の実態が見えないというのは言えない話。だったらいいじゃゃん、と広志が片付けてくれる。

「同僚はどうなの？　一緒に働く仲間って大事じゃん」

広志は上司に嫌なやつがいて苦労していると言っていた。真由美もヒステリックな女性の上司に嫌味を言われる毎日だという。

「同僚には恵まれていると思うよ。社内の雰囲気も悪くないしね」

社長たちが次々に刺青を披露したときはさすがに転職を考えたが、その後は威圧的な雰囲気を感じることなく過ごしている。最近では社長が言っていたように、ファッションの一部なんだと思うようにしている。しかし、真由美はさらに不安そうに尋ねる。

「日焼けの先輩の人、乱暴って言ってなかったっけ？」

先日、仕事が遅くなり、会社近くのコンビニに前田と夜食を買いにいったとき、温めた弁当の上に店員が冷たいお茶を置いた。その瞬間、前田は、てめえ、ふざけんじゃねえぞと激昂し、今にも飛び掛かりそうになった。必死で抑えたが平謝りする店員を相手に前田は怒号を浴びせ続けている。

だが、ふいに身体から力が抜けたと思うと、きょとんとした表情で僕の腕時計を見ていた。真、お前いい時計してるなと言われたので、就職祝いにもらったんですと答えた。前田の腕には数段高級そうな時計が輝いていたので、前田さんのほうがいい時計してるじゃないですかと言うとまんざらでもなさそうな様子で機嫌が直った。

「ちょっと気分屋なだけだよ」

真由美は釈然としない様子でチューハイの缶を傾けた。母親の前ではウーロン茶なのに、僕や広志、大学の友達の前では酒を飲む。アルコールが回り、とろんとした目付きの広志が問いかけてくる。

「真が同僚とうまくやってるならよかったよ。お前は冷めてるところがあるからな」

そういえば小さな頃から、とらえどころがないとか、なにを考えているのか分からないなどと言われることがあった。自覚したのは父親が過労死したときだ。

父は僕が中学二年のときの朝、布団の上で胸を押さえて亡くなっていた。表情はこわばり苦しそうに歯を食いしばっている。過労からくる心筋梗塞が死因ではないかという診断が下された。

あの父の姿を見たとき、激しく動揺したが、母が父を抱き起こそうとするのを見て、感情の波が徐々に静まっていき、平たくなってしまったのを感じた。取り乱す母をフォローしようという心の動きではないかと思ったが、その後、父がずっと奉公してきた会社がわずかな弔慰金しか出さないと決めたときも、気持ちがすーっと引いていった。いつの間にか、その感覚は薄れていったが、ふとした弾みで蘇るのか、急激に何事に関してもつまらないと感じてしまうことがある。

真由美と広志との話は延々と続いた。

深夜一時を回った頃、僕のスマホが鳴った。曽根からのＬＩＮＥだった。

「1億円あったら一生暮らせるかな?」

虚脱感が全身を包み込んだ。夜更けに送ってくる内容ではない。だが、曽根からのLINEはいつもこんな調子だ。真由美が気にしていたので、会社の先輩からのLINEだと言って画面を見せる。

「この質問、どういうこと?」

真由美は困惑気味に尋ねた。

「深い意味はないよ。気になっただけだと思う」

先日曽根から届いた別のLINEを遡って見せた。

「岐路《きろ》って何回ぐらいあると思う?」

これに対して「人によるけど2、3回じゃないですかね」と適当に返信すると、衝撃の回答があった。

「岐路=なに?」

曽根は岐路という言葉の意味をよくわかっていなかったに違いない。このやり取りを見た広志は腹を抱えて笑い出し、真由美は顔を曇らせている。

「馬鹿なの?」

「馬鹿っていうか素直なんだと思う」

「でも、岐路ぐらい知らないとマズイでしょ」

真由美はそんな人が僕の先輩であることに危機感を覚えているようだった。

「それはそうだけど、結構いい先輩だよ」

意味不明なLINEを送ってくることもあるが、そうしたやり取りを繰り返すうちに、僕は曽根のことが好きになってきていた。亡くなった弟のためにアンパンマンの刺青を入れたことに象徴されているように純粋な心の持ち主なのだ。

僕は曽根にLINEを返した。

「3億円ぐらいないと無理じゃないでしょうか」

すぐに「ありがとう。参考になったよ」と返信が来た。その返信にも戸惑いを隠せない真由美に、曽根は社長に気に入られているんだとフォローした。

「そんな会社の社長じゃ、その人も普通じゃないんでしょ」

社長の堀はいまいちつかみどころがない。精神的に元気なときと落ち込んでいるときの落差が大きすぎるのだ。

「社長はよくわからないけど、うちの会社のオーナーがすごいんだよ」

オーナーの乙矢はあれから二、三度会社に来て、社長や前田と話していた。そのたびに挨拶をさせてもらっているが、会社の他の面々とは違う、尖った刃物のような鋭さを感じる。あの社長と前田が乙矢の前では従順な犬のようになるのだ。

「とにかく給料は払われてるし大丈夫だよ」

僕が言うと、真由美は会社の話に飽きたのか、上目遣いを向けてきた。

「一人暮らしはしないの?」

頬がアルコールで染まり色っぽい。

「夏樹のこともあるし、家にお金を入れてからにするよ」

給料の半分を家に入れている。母はそんなに入れなくてもいいと言うが、夏樹の大学進学費用は僕が出すと決めたのだ。しばらくの間、一人暮らしをする余裕はない。

「なーんだ。一人暮らしならもっと遊びに来れるのになぁ」

そう言ってしなだれかかってくる真由美の柔らかい胸の感覚が僕を昂《たかぶ》らせた。心なしか、ごめんねと謝る口調が甘くなる。

「うそ、そういうところが好き」

真由美は更に身体を密着させてきた。甘い匂いに包まれていると、広志がビールを煽り、やってられないという顔付きで言った。

「俺のいないところでやってくれよ」

7

日曜の夕方、紙カップ入りのヨーグルトを食べながらニュースを見ていた。エスコーポレーションに勤めて半年が過ぎ、波のある仕事量にも慣れてきたが、明日から仕事だと思うと億劫だ。新潟のもみじ園の紅葉が見頃だという季節を伝えるニュースが流れた後、女性キャスターが次のニュースを読み始めた。

「昨夜、暴走族〝環状連合《かんじょう》〟ＯＢの堀 孝《たかし》容疑者が、青山の路上で覚醒剤を所持していたとして逮捕されました」

画面が切り替わり、男の顔写真が映し出された。その下には「環状連合ＯＢ　堀孝容疑者」という文字が記されている。

僕は身を乗り出して食い入るように画面を見た。顔写真の男は、いつもより凶悪そうな顔付きをしているが、紛れもなくうちの社長だった。画面が切り替わり、逮捕現場らしき青山の路上の映像が映し出された。

「堀容疑者は挙動不審な様子で路上を歩いていた際、職務質問をされ、手にしていたバッグの中から覚醒剤が見付かり現行犯逮捕されました。堀容疑者を逮捕した際にもう一人の男が同行していたとして、警察はその男の行方を追っています」

頭の中が疑問符でいっぱいになる。社長は覚醒剤をやっていたのか。環状連合ってなんだ？　社長は昔暴走族だったのか。だが、その疑問は社長の肩に入っていた虎の刺青を思い出し、納得に変わった。だから、あんな刺青が入っていたんだな。放心状態で再びヨーグルトを口に含んだが、ハッと我に返った。

床の上のスマホに手を伸ばし、社長にかけた。もちろん出ない。警察に捕まっている最中のはずだ。会社に電話をしたが、呼び出し音が鳴り続けるだけで誰も出ない。

気乗りはしないが、前田の番号にかける。何度かのコールの後留守電に切り替わり、次に曽根にもかけてみた。呑気なアンパンマンマーチの呼び出し音の後、こちらも留守電に切り替わった。どうしていいかわからず、僕は立ち上がってその場をぐるぐる回っていた。そこに母親が帰ってきた。

「真、なにしてるの？」

慌ててテレビに目をやるとすでにニュースは終わり、安っぽいセットのクイズ番組が始まっている。耳障りに感じてテレビを消した。

母親は台所で夕ごはんの支度を始めた。今見たニュースの話をするだけの精神的余裕はなく、とりあえず明日会社に行って状況を確認してからにすることにした。自分の部屋に戻って大変なことになったぞと思った。まいっているというより、なぜか気分は高揚していた。

翌朝、会社のドアを開けると、入り口脇の応接室で前田と乙矢が声を潜めて話していた。他に出社しているのは二人ほどで、顔を見せない社員もいた。前田に手招きされて応接室に入り、促されるままソファに座る。

苦虫を噛み潰したような表情の前田に対して乙矢は静かな面持ちをしていた。しかし、心中穏やかではないのか、綺麗に磨かれた左手の人差し指の爪を、右手の親指の腹でしきりにこすっている。

「真、曽根の居場所はどこだ？」

苛立ちを隠そうともしない前田に答える。

「曽根さんがどうかしたんですか」

「知らないはずないだろう。お前たちは仲が良かったよな」

「いや、よく分からないんですが」

「しらばっくれんじゃねえぞ！」

前田がテーブルを叩き、僕は身を竦《すく》める。知りませんと言って首を横に振った。

「本当に知らないんだな」

「はい」

「嘘だったら分かってるな」

「本当です」

僕は泣き出しそうになっていた。前田が長い息を吐く。

「曽根の居場所が分かったらデコじゃなく俺に話せよ」

「デコってなんですか？」

「警察に決まってるだろ、ボケ！」

怒気を孕んだ口調に息が詰まる。曽根の居場所を気にしているということは曽根も事件に関わっているのか。乙矢は口を開かず、僕と前田のやり取りを観察している。

そこに二人のスーツを着た男が現れた。

モスグリーンのスーツのほうが声をかけてくる。

「麻布《あざぶ》署のものですが」

二人組は刑事だった。一見普通のサラリーマンだが、鉛色の沈んだ目をしている。

刑事が社長について聞かせてくれないかと言うと、前田は乱暴な態度で、うちだって迷惑してるんだ、社長はいつ保釈されるのかと詰め寄っている。刑事は前田をなだめるように、まあまあと言ってから尋ねた。

「オーナーの乙矢さんに話を聞きたいんですが、連絡つきますかね」

僕は乙矢に顔を向けた。その目線を刑事がめざとくつかむ。しまったと思ったときは遅かった。

「あなたが乙矢さん？」

刑事に問いかけられ、乙矢は小さく頷いた。

「ええ」

「良かったら話聞かせてもらえませんかね？　おたくの社長反抗的であんまり話して

くれないものだから」

前田が刑事に噛み付く。

「話すもなにもシャブの現行犯じゃ、聞くことなんてないだろう」

刑事は受け流すように、まあ、そうだねと言ってから、乙矢に言葉を重ねた。

「話を聞かせてもらえませんかね」

乙矢は静かに立ち上がった。

「いいですよ」

「ご協力感謝します」

前田は釈然としない様子だったが、もうなにも言わなかった。乙矢は刑事を先導するように会社を出ていき、刑事の姿が見えなくなると前田は一人で毒づいた。

「署長が変わってから調子に乗りやがって」

どうやら今回の事件は社長一人の問題ではないようだ。好奇心を抑えられなくなった僕はあえて前田に問いかけてみた。

「社長は覚醒剤で捕まっただけじゃないんですか」

前田の鬼面のような顔がこちらを向いた。

「グループの金に手をつけやがったんだ。逃げるとき、シャブを入れて気が大きくなったのか職質でパクられた。今は曽根が金持って逃げてるはずだ」

ろうか。

ニュースで報じられていた社長と行動していたもう一人の男というのは曽根なのだ

「だから曽根の居場所が知りたい」

「会社の金ですか」

8

三日後、曽根から電話があった。訝《いぶか》りながら非通知設定の電話に出ると、怯えた声で、真君？　と聞かれた。曽根さんですかと問い返すと、かすれた声でそうだよと答える。

「そっちはどんな感じ？」

「みんな探してますよ。どこにいるんですか」

僕の問いに沈黙が挟まった。

「言えない」

「曽根さん、出てきたほうがいいですよ。警察も捜してますし、前田さんも捜してますから」

警察よりも前田の名前を聞いてから、受話口から聞こえる息が荒くなった。

「前田さん、怒ってるよね？」

なにを呑気なことを言っているんだと、今は曽根の子どもっぽさが頭に来た。社長の取調べは難航しているらしく、社内では覚醒剤だけではなく、別の事件についても探られているのではないかと囁かれていた。

社長が捕まったことで会社にはわけの分からないイタズラ電話や脅迫めいた電話がかかってくるようになり、仕事も大幅に遅れている。前田は社長の穴埋めをするためにあちこち飛び回っているが、僕のような平社員はどうしていいか分からない。このまま会社が潰れてしまえば、その原因は社長にも曽根にもあるはずだった。

「曽根さんのせいでみんな困っているんですよ。警察に行って事情を説明すればいいじゃないですか」

「できないよ」

「なんでですか?」

しばらく沈黙が続く。

そのとき、受話器越しに駅のアナウンスが聞こえてきた。

「ホームに修善寺《しゅぜんじ》駅行きの電車がまいり……」

アナウンスの途中で突然電話は切れた。曽根の携帯を鳴らしてもつながらない。そのうちに腹が立ってきた。会社の金を持ち逃げしておいて、その説明責任も果たしていない。僕は曽根の代わりに前田の携帯を鳴らした。

出社する人間は日に日に減っていき、社長の逮捕から二週間が経つと、電話番の僕と責任者の前田を残すだけになった。こんな会社から逃げ出したい気持ちは分かるし、僕もそうしたいのは山々なのだが再就職する自信がないことと、前田の圧力によって辞めるという言葉を封じられていた。

社長の堀が保釈される見通しは立たず、むしろ自ら他の薬物の使用歴などを語っているらしい。前田はシャバに出たときのことを恐れてあえて長期拘留されたがっているのかもなと言っていたが、その言葉には真実味があった。曽根については、駅のホームから電話がかかってきた旨を伝えたが、その後の動きはないらしく、今も金を持ったまま逃げているのかもしれなかった。

今後の会社の運営について前田と話し合っていると、突然乙矢が現れた。ゆったりとした動作で煙草に火をつけてから前田に尋ねる。

「会社はどうしますか?」

「続けたほうがいいと思います」

「社長は誰がやるんです?」

「俺は弁当持ちですし」

その言葉に胸を衝かれた。来客の言葉を理解しようと思い、裏社会の隠語を調べたことがある。それによると弁当持ちというのは、執行猶予中ということだった。前田は前科者なのだ。動揺している僕に二人の視線が向けられた。乙矢の薄い唇が動く。

「君、社長やってみますか？」

「えっ、どういうことですか」

乙矢は頬を緩めた。

「堀が捕まったでしょう、次に誰かが社長をやらなければならない。それで君はどうかなと思って」

「社長なんて無理ですよ」

入社から半年しか経っていない者に務まるはずがない。そもそもこんな会社の社長をやったら、どんな目に遭うか分かったものじゃない。

「心配すんな」

前田が口を開いた。

「社長といっても名義を借りるだけだ。お前、前はないよな」

「前っていうと、前科ですか。そんなのないですよ」

「だったら、なにも問題ない」

「だからできないですよ」

「なぜ？　給料は上がるぜ。そうですよね、乙矢さん」

オーナーである乙矢に確認すると、煙を吐き出して答える。

「今の倍額出しますよ」

その額に一瞬気持ちが揺れたが、僕は下っ腹に力を入れた。

「給料の問題じゃありません。社長の仕事なんて想像もつきませんし」

しかし、前田は逃がしてくれない。

「仕事は今までと同じでいい。電話番とイベントの手伝いだ」

「社長なのに？」

「ああ。同じ仕事なのに、給料が上がる。悪くない話だ」

「でも、リスクがあるんじゃゃないですか」

僕の言葉に一瞬前田は止まったが、穏やかな声で話した。

「リスクはない。あくまで名義だけだ」

前田が、そうですよねと乙矢に確認すると、乙矢は真っ直ぐに僕の目を見た。僕はその瞳の中心に、空洞のような箇所があるのを見つけた。

「責任はすべて私が負います。君は名義を貸してくれるだけでいいんです」

乙矢の瞳の空洞に引き込まれそうになり、慌てて目をそらした。

想像していたとおり、真由美は大反対で、そんな会社の社長になったら別れると言い、泣き出す始末だった。呑気な広志さえも、この件に関しては、絶対にやめておいたほうがいいと忠告をした。

最後に相談したのは母だった。

「あなたは社長になって大丈夫なの？　逮捕されるようなことはない？」

「それは大丈夫だよ。オーナーが約束してくれた」

「お金のこととか騙されたりしない？」

「僕も調べたけど連帯保証人にならなければ大丈夫みたい」

社長にはその事業における損害賠償の責任があるようだが、それについても二人は心配するなと言っている。

「そのオーナーって人、きっとすごい人なのね」

「なんで分かるの？」

「だって真が他の人に興味を抱くなんて珍しいから」

三十代前半なのにいくつも会社を持っている、どの会社も業績がいい、他の人とは違う不思議な魅力がある――。僕が乙矢について語ると、母はまるで片思いみたいだと言った。

「じゃあ、やってみてもいいのかな」

でもね、と言って母は目を伏せた。

「やっぱりお母さん、あなたが危険な目に遭うようなこと認められない」

父を仕事で失い、僕もまた仕事で失うようなことがあれば耐えられないのだろう。真由美と広志の助言もありがたかったが、母の言葉は重みが違う。母は僕の心のどこかに乙矢の側で働いてみたいという気持ちがあることを見透かしていた。僕は大きく伸びをした。

「また就職活動だなー」

母は、泣きそうな顔で微笑んだ。

その後、シャワーを浴びてリビングに戻ると、母の姿が見当たらなかった。もう休んだのだろうかと思ったが、母の部屋にもいる気配がない。買い物にでも行ったのかと思い、玄関に向かうも母の靴は置かれたままだった。妹の夏樹の靴はなく、今日は友達の家に泊まると言っていたなと思い出した。

おかしいなと思いながらリビングに戻ると、部屋の隅から、かすかな呼吸音が聞こえた。嫌な予感がしてソファの影に目を走らせると、そこに母が倒れていた。慌てて駆け寄ると、母は気を失っている。

顔は青く染まり、息も絶え絶えだ。母さんと呼びかけるが返事はない。苦痛に歪んだ母の顔が、胸を押さえて冷たくなっていた父の姿と重なった。

9

　母はそのまま病院に運ばれ、緊急手術が施された。症状はくも膜下出血。脳の動脈にできた瘤《こぶ》が破裂する病気らしい。主治医の話を懸命に聞いたが、白い診察室の中で僕は現実感を失っていた。

　夏樹が病院に駆けつけてきて、手術室の外のソファでひたすら待った。僕たちは呆然と薄緑色のリノリウムの床に視線を落としていた。

　五時間ほどが経過し、手術室からストレッチャーに乗った母と医師たちが次々に出てきた。ストレッチャーに駆け寄ると麻酔で眠った母はやけにたるんだ表情をしている。不安が胸を覆い尽くすが、中年の医師はしっかりと顔を見て、手術は成功しましたと教えてくれた。僕と妹は手を取り合って喜び、母は無言のまま運ばれていった。

　その後、診察室に僕だけが呼ばれた。執刀医とは異なる年配の医師が、手術は成功したが二週間以内に脳梗塞《のうこうそく》や水頭症《すいとうしょう》になるリスクがあると説明する。その経過を見るため最低でも一ヶ月の入院が必要だという。

「後遺症が残るかもしれません」

　医師の言葉が胸を締め付けた。

　後遺症は、半身不随などの重大な障害から吃音《きつおん》、眼球運動の異常など多岐にわたる。

今回手術が成功したからといって安心することはできないのだ。僕が肩を落としていると、医師は安心させるように言葉を続けた。

「今回はスピーディに手術を行うことができたことが幸いでした。経過を見なければはっきりしたことは言えませんが、あなたがお母さんを助けたんですよ」


母が目を覚ましたのは翌日だった。もっと長く眠っていることもあるようだが、これも早期発見のおかげらしい。すぐに会話ができたことから考えると、今の段階では後遺症については、さほど心配しなくてもよさそうだった。

だが、僕たちには新しい問題が残されることになった。

金の問題だ。

母は心配そうに僕を見た。

「あんまり長く入院していられないね。お母さん、働かないと」

「一ヶ月は休んでなきゃいけないって先生が言ってたよ」

「だけど……」

「母さんはずっと働いていたんだから少し休んでいればいいよ」

くも膜下出血の手術代と一ヶ月の入院費で二百万ほどがかかる。だが、これに関しては高額医療費という制度を使うことでほぼ戻ってくるらしい。問題はその後のことけにはいかない。

だった。過労が再発の引き金になる可能性もあり、母をこれまでのように働かせるわ

「母さん、僕に任せて」

母は目を見て頷いた。

「真、信じてるからね」

「うん、心配しないで」

病院を出た僕と夏樹は、駅までの道を歩いた。

「お母さん、良かった。死んじゃうかと思った」

夏樹は泣き腫らした目をまた潤ませている。僕は覚悟を決めた。

「もう母さんを無理させないから大丈夫だ」

「お兄ちゃん、なんで?」

「俺、今の会社の社長になるんだ」

「社長ってすごい出世なんじゃないの。お兄ちゃん、すごい!」

「給料も増えるぞ」

「なんかカッコいい。そっか、これからはお兄ちゃんにがんばってもらわないとね」

「お前はその分勉強がんばれよ」

夏樹は大きく頷いた。

翌日、僕は乙矢の前の椅子に座っていた。

乙矢の瞳の奥にはやはり空洞があった。どうしたらこんな眼差しになるのか。その瞳でなにを見てなにを考えているのか。それを間近で見たいと思った。

僕は乙矢に頭を下げた。

「社長の話、やらせてください」

ロンダリング

1

僕の名前がエスコーポレーションの代表取締役社長として登記簿《とうきぼ》に記されたものの、仕事内容は以前と同じだ。変わったのは社長宛にかかってきた営業電話を僕が取り、僕が平社員のように断ることぐらいだ。

社員はみな飛んでしまったので、乙矢は中途採用も考えたようだが、結局募集はかけなかった。僕が現場の立会いにいくと会社を開けることになるため、イベントの仕事は絞っている。それならばなんの仕事で収益を上げているのか、即席社長の僕には分からなかった。

社長になるにあたって前田から忠告を受けていた。

「必要なのは口の堅さだ。それさえできれば、お前を仲間として守ってやる。お前はなにも知らず、なにもしなければいい」

母が倒れてから一ヶ月が過ぎ、おととい母は退院した。心配していた脳梗塞も水頭症も起こらず胸を撫で下ろしたが、左手の指先に若干の痺れが残っている。社長になったことで給料は倍になり、母はパートの仕事を減らすことができた。それについては感謝しているようだったが、社長になったことについては言及しなかった。ただ、精をつけさせようと思っているのか、おかずが一品増えた。

　真由美とは喧嘩になったが、イベントの仕事が減り、土日勤務がなくなったことで機嫌を直してくれた。とはいえ、エスコーポレーションにはただならぬ不信感を抱いているようで、働きながら再就職活動もしてよねと再三言われている。広志は、やると決めた以上やるだけだよねとあいかわらずのんびりした答えだった。

　問題なのは会社での時間のつぶし方だった。僕は暇つぶしのために登録したネット麻雀にいそしんでいた。こんなことをしていていいのかという思いと、ヤバイことに巻き込まれているのかもしれないという思いが交錯し、間違った牌を切ってしまうことがあった。

　暇を持て余した僕は、前社長の堀が所属していた環状連合という暴走族について調べてみることにした。ニュースではたびたび目にしたことがあるが、バイクを乗り回しているような漠然とした印象しかない。ＰＣで検索サイトを立ち上げ名称を入れると予測変換でさまざまな言葉が並んだ。

「環状連合　芸能人」

「環状連合　ヤクザ」

「環状連合　メンバー」

「環状連合　リーダー」

「環状連合　逮捕」

「環状連合　殺人」

不穏な言葉ばかりが並んでいて緊張が高まる。環状連合について書いたまとめサイトを開いてみる。

「半グレ集団〝環状連合〟はどんな組織なのか？

タレントや薬物絡みの事件で背後にいる組織として名前が挙がることが多い環状連合。そのOBたちが準暴力団組織に認定されたことは記憶に新しいが、その全容はいまだ謎に包まれている。

そもそも環状連合とは、過去に都内に無数に存在していた暴走族をまとめたものがルーツ。特に都内の環状七号線、八号線を中心に走っていた複数のチームが集合したことから環状連合と名乗っていた。しかし、時代と共に組織は変容し、現在は、違法薬物取引、特殊詐欺、企業恐喝などを行う犯罪集団に近い。

環状連合OBの中には芸能界や東京の裏社会に顔が利く者も多く、警察は今後の動向に目を光らせている。有名OBとして刃率会《はびきかい》に所属する門脇《かどわき》、芸能事務所経営の佐久間《さくま》、リーダー経験のある乙矢などがいる」

その後も検索を続けていくと、「乙矢が一番ヤバかった」「昔の乙矢は危なすぎた」「最近は少しおとなしくなった」などという情報を集めることができた。オーナーの乙矢は警察からマークされる環状連合のリーダーを務めていたことがあるのだ。マウスを握る手がじっとりと汗ばんでいた。

暴走族としての環状連合はすでに解散しているため、現在活動しているのは環状連合ＯＢであり、彼らは先輩後輩、あるいは友人としての横のつながりを駆使してさまざまな犯罪を行っている。著名な芸能人の中にも環状連合との関わりを持つ人間は少なくなく、ともにクラブのＶＩＰルームで違法薬物を使用しているのではないかと囁かれていた。

ふいに主治医の言葉が頭をよぎる。

「くも膜下出血の原因になるのはストレスや心労などです。お母さんに負担をかけないようにしてあげてください」

母にはこの会社のこと、環状連合のことを決して知られてはならない。

僕は椅子の背もたれに寄りかかった。

「おい」

野太い声に振り向くと、会社の入口に前田と乙矢が立っているのが見えた。

全身の血が逆流した。

いつからいたのかは分からないが、頃合いを見て声をかけたという雰囲気だった。

「なにやってんだ」

前田が近づいてきた。僕は慌ててPC上に開かれているサイトを閉じた。

「暇だったのでネット見てました」

「なにか面白い話でもあったか？」

前田の眉間には深い溝が刻まれている。

「ありません」

「ならいいんだ。調べてもいいことはないからな」

前田の押し殺した口調が腹に響く。そこに乙矢が言葉を重ねた。

「私のことはなんと書いてありましたか？」

真っ直ぐに見詰めてくる。頭が真っ白になりそうになったが、下っ腹に力を込めた。

「一番色男だと書いてありました」

乙矢の口元がかすかに緩んだ。

「その情報は信頼できますね」

前田に行きますよと告げ、二人で会社を出ていった。身体から力が抜けていき、僕は椅子からずり落ちた。

2

「すぐに戻るから預かっておいてくれ」

　金曜の昼頃に前田から預かったブルガリのセカンドバッグは、不気味にずしりと重かった。それを自分の机の上に置き、いつものように電話番をしていたが、前田はなかなか帰ってこない。十五時を過ぎ、十六時を回り、僕は焦り始めた。僕は社長という立場でありながら会社の鍵をもらっていない。前田が帰ってこなければ帰宅することもできないのだ。何度か電話をかけたが、前田は出ない。

　終業時刻の十八時を過ぎた。ハンドバッグを横目に見ながら再度電話をしたが留守番電話につながる。十九時を過ぎても二十時を過ぎても前田は現れない。先日、環状連合について調べていたことに対する当てつけかもしれないと苛立ったり、逆になにか事件に巻き込まれたのではないかと心配になったりもした。

　明日は朝から真由美とディズニーランドに遊びにいくことになっている。大のディズニー好きの真由美は一ヶ月ほど前から明日のデートを楽しみにしていた。

　二十二時、僕は真由美に電話をかけた。

「はいはーい」

　上機嫌な声が胸に痛い。

「明日なんだけどさ」

その声色で真由美は不穏な空気を感じ取ったようだ。

「なに？」

「今まだ会社にいるんだけど、先輩が帰ってこないんだ」

「それで？」

「いつ帰ってくるか分からなくて、このままじゃ家に帰れないんだけど」

「だから？」

「だから、明日無理かもしれないと思って」

「なんでよ！」

「会社の鍵を開けたままにしておくわけにもいかないだろ」

「開けて帰ったらいいじゃん。どうせたいしたものないんでしょ」

環状連合と関わりのある会社だ。とんでもないものがあるかもしれない。

「それは分からないよ。とにかく先輩が戻ってこないと帰れない」

「真も帰っちゃえばいいよ。そんなひどい先輩どうでもいいじゃん」

「真由美、ごめん」

僕が謝ると真由美は黙った。重苦しい沈黙の後、真由美は気を取り直したように言った。

「しょうがないなあ、真が悪いわけじゃないしね。十二時まで先輩が帰ってこなかったら明日はやめよう。でも、あさってはディズニーランド行ってよ。ずっと楽しみにしていたんだから」

真冬の深夜の広々とした事務所に一人でいると、暖房を入れていても冷え込んでくる。あっという間に二十四時を回り、ディズニーランドに行くのは日曜日になった。

窓の外を眺めると、ちらほらとマンションやオフィスの灯りがついている。麻布はおとなしい街だ。ここで生まれ育った住人と、外からやってきた金持ちで構成されていて、どちらにしても問題を避けようとするから衝突は起こらない。

空腹だったが、事務所をあけることはしたくなかった。僕を待たせている前田のことを考えると、意地でもここから離れてやるかと思った。

二時、三時になると、周囲からは物音が完全に消えた。朝まで賑やかな六本木と違い、麻布は外を歩く人の数も激減する。眠気を覚えた僕は非常用の寝袋を引っ張り出してきてその中に入った。


真由美は怒りを通り越し、呆れた口調で言った。

「信じられないいんだけど」

前田は土曜日の深夜になっても現れず、電話も通じなかった。電源が切れているわけではなく、呼び出し音は鳴っている。電話には気付いているはずなのに、一向にかけ直してもこない。非常食のカップラーメンを啜った僕は真由美に日曜日のデートも無理だということを伝えた。

「辞めて」

真由美は鋭く言った。

「えっ」

「だからその会社辞めて」

「そんなの無理だよ」

「無理させてるのは会社のほうでしょ。もうそんな会社辞めてよ」

真由美はついに泣き始めた。そして自分の勤める人材派遣会社は福利厚生がしっかりしていて、そんな業務などさせないと言う。上場企業と比べないでくれと思ったが、僕は黙って聞いていた。結局、泣き疲れた真由美が電話を切って会話は終わった。

やり切れない僕は親友の広志に電話をかけた。前田への不満を口にする。

「これってどういうつもりなんだろう」

「試されてるんじゃないの？」

僕も同じ考えだった。

「やっぱ、そうだよな。なんか悲しくなるよな」

広志は僕に同情してくれた後、言った。

「でも仕事もいいけど真由美のことも考えてやれよ」

「分かってる。今も電話でやり合ったところだよ」

広志は広志で仕事が忙しく、気持ちが休まる暇がないらしい。以前は週に一、二回は会っていたが、最近は一ヶ月に一回ぐらいしか会えなくなっている。社会人になって自分の居場所が確立されていくということはこういうことなのだろうか。来週あたり飯でも食おうと約束して電話を切った。


前田が出社したのは月曜日の朝だった。バツが悪そうな顔も見せず、あっけらかんと言う。

「悪かったな、少し遅くなったわ」

ハンドバッグを受け取ると、ジッパーを開け、無造作に手を突っ込んだ。取り出した手には百万円の束が握られていた。

そんな大金が入っているなんて――

僕はぎょっとした。

「百万の数え方教えてやるよ」

前田はそう言って、帯付きの百万円の束から一枚の一万円札を三分の一ほど抜き出した。

「銀行の帯はぴっちり巻いてあるから、一枚、二枚足りなかったら隙間ができて抜けちまうんだ」

引き出した札をつまんで束をぶら下げる。当然、百万円の束は落下しなかった。前田はその様子をつまらなそうに眺めている。僕の出来心を期待していたかのような暗い視線にぞっとした。

「落ちなかった。だから百万きっちりあるってことだな」

一万円札を抜き取って僕に渡してくる。

「休日出勤の手当だ。とっとけ」

受け取ろうか悩んだものの、これで真由美をディズニーランドに連れていくことにした。前田は今日は帰っていいと言った。突然できた月曜日の休みに使い道はないが、ハローワークにでも行ってみようかと思った。

3

乙矢と前田が応接室で会社運営の話をしている。その会議に加わることができない僕はパーテーションの向こうの会話に耳をそばだてていた。聞こえてくるのは金や犯罪、その他怪しいものばかりで気が気ではない。最近はイベント会場の設営も行っていない。この会社は一体なにをやっているんだ。

しかし、僕はヤバイことに巻き込まれているという焦りとともに、二人に対する憧れを抱いていた。

金回りのいい二人は、いい服を着て、いい女をつれて、いいものを食い、充実した毎日を過ごしているに違いない。僕は父親のように安い給料で使われて死にたくはなかった。そのとき僕の耳に、乙矢の言葉が響いた。

「真君、聞いてますか」

応接室の二人は静かになった。黙っているわけにもいかず、僕は立ち上がり、応接室に向かった。乙矢は、棒立ちになった僕に正面に座るように促し、そこに座っていた前田は億劫そうに横にずれた。

「この会社がなにをしているか分かりますか？」

僕が答えるより先に前田が口を挟む。

「乙矢さん、こいつは……」

「なにかやりたそうじゃないですか」

「しかし……」

「社長は彼ですよ」

前田は口をつぐんだ。

「君は今の仕事に満足していますか？」

ここでしていると答えれば父親のようになりそうだった。

「していません」

「なぜです？　会社にいるだけで給料をもらえるんですよ」

「毎日、退屈なんです」

前田が小さく舌打ちをした。

「私たちが一番気をつけなければならない相手はなんだと思いますか？」

「警察、ですか」

「いいえ、税務署ですよ」

エスコーポレーションがなんらかの犯罪行為をしていることは気づいていたが、税務署という名前が出ることは意外だった。

「仮に犯罪者が捕まって刑務所に入ったとしても、出てきて金があれば問題ありません。むしろ犯罪者はこう考えます。三年入って三億残れば年収一億だ、悪くない、と」

乙矢の話は完全にパーテーションのこちら側のものだった。

「しかし、この金を残すというのがなかなか難しいんです。犯罪で得た収益ということが分かれば没収される。かといって現金で持っていたとしても、どこに隠します？　大半は自分か愛人の家、他人名義で借りているアパートなどですが、それでも不安は消えません」

　犯罪というものはやり方に気をつけるだけではなく、稼いだ金の在《あ》り処《か》まで考えなければならないとは思わなかった。

「前田君、話してあげてください」

　前田はある援助交際デリヘルの話をした。

　十五歳の少女が売春をしていたとして、そのグループは摘発されたが、少女たちが顧客の記録を携帯に残していたことと、そのニュースが大々的に報じられたことで国税局が動いた。国税局は首謀者の個人資産を調べ上げ、すべての財産を没収した上で、少女たちの記録から本来納めるべきだった納税額を算出し、それにも課税した。

　追徴税は、一億円。しかも借金と違い、国民の義務である納税は自己破産をしても免責の対象にならないという。

「そいつは十年近く刑務所に入るだろうが、現金など一円も残っていない。刑務所から出てきたときにあるのは追徴税だけだ。どうせ払えるものじゃないが、一生縛られることになる」

　警察は犯罪者を捕まえ、刑務所に入れるが、税務署に目をつけられれば、追徴税という牢獄に囚われることになる。稼ぎのない犯罪者は警察を恐れるが、金を持った犯罪者は税務署を恐れるのだと前田は言った。

「これ以上、話を聞きますか?」

乙矢の眼差しはどこまでも空虚だった。聞きたくなければ立ち去りなさいと、その目は静かに語っていた。乙矢が生きている世界を一緒に見てみたいという思いはあるが、引き返したほうがいいという警戒音も頭の中で鳴っている。

二週間前、再就職をしようと考えた僕は中途採用の募集が出ていた印刷会社に履歴書を送り、面接を受けにいった。面接してくれたのは温厚そうな中年の社長だった。就職難で問題のある会社に入ってしまったことを伝えると親身になって話を聞いてくれた。

しかし、その社長が、若いうちにどれだけ苦しんだかで人生は決まるんだと熱っぽく語るのを見たとき、僕は急に、この会社に入っても面白くないだろうと感じた。その後、気の抜けたやり取りを続け、当然面接には落ちた。

乙矢の眼差しの中にいると、すべてを見透かされているように感じる。だが、それは悪い感覚ではなかった。

「聞かせてください」

僕が答えると乙矢は小さく頷いてから、最初にしたのと同じ質問をした。

「この会社がなんの仕事をしているか分かりますか?」

「マネーロンダリングですね」

乙矢の口元がかすかに緩んだ。

「裏社会のコインランドリーのようなものです。税務署に見つからないよう、汚い金を使える金に洗濯するんです」

エスコーポレーションの正体が明かされた。すると、これまでに散らばっていた無数の情報が結びつき、理解できるようになった。

電話で受けた仕事量に対して実際の業務が少ないことや、怪しげな訪問者がひっきりなしに訪れていたこと、最近はまるで仕事をしていないにも関わらず経営が回っていたこと——この会社はイベント業務ではなく、マネーロンダリングを本業にしていたのだ。

自分でも意外だったが嫌悪感は込み上げてこない。むしろ、そんな危険な業務を行いながら泰然としている前田と乙矢に頼もしさを感じた。

「やれそうですか?」

乙矢の問いに、頷いた。

乙矢は満足そうに目を細めた。

4

エスコーポレーションはイベント会社という特性を活かし、架空のイベントを立ち上げたり、経費を計上したりして自在に決算を調整していた。その上で、役員として名前を連ねている環状連合OBに役員報酬として金が渡る仕組みになっている。

乙矢をはじめ環状連合OBたちは、自由にできる休眠会社をいくつも持っている。その会社からエスコーポレーションにイベントや芸能絡みの仕事を斡旋したことにする。数百万円投げれば、それがエスコーポレーションの売上になる。そしてその中から手数料を受け取り、残りを役員報酬としてバックする。

課税されるため三割ほどは目減りするものの、税務署が入っても奪われることのない金である。環状連合OBがなにをして稼いでいるのかはわからないが、詐欺、闇金、恐喝、薬物売買などの非合法ビジネスであることは間違いない。それをキレイにするためにエスコーポレーションは機能していた。

乙矢に面倒を見ろと押し付けられたときは、僕を疎《うと》ましく思っていた前田だったが、ミスのない仕事を続けているうちに信頼を寄せてくれるようになった。大雑把な性格の前田は領収書が行き交うロンダリングの仕事を億劫がっており、喜んで僕に仕事を渡した。それ以降、僕はエスコーポレーションの金の流れを管理している。

自覚はある。

これは犯罪だ。

だが、直接人を騙したり、暴行を働いたり、薬物を売っているわけではなく、帳簿をいじっているだけということもあり、罪悪感はさほどなかった。むしろ裏社会やロンダリングの仕組みに関わることで、世の中のひとつの真実に触れたような奇妙な優越感さえある。

胸が痛むことがないわけではない。仕事をしているとき、父がくれた腕時計を目にするとチクリと胸が痛むことがあった。だが、母が働けない以上、家計は僕の手にかかっている。高校二年生になった妹の夏樹は、大学進学を控えている。夏樹には希望する大学に行ってもらい、卒業したらまっとうな会社に勤めてほしい。

新規案件の書類に目を通していると、足立という社員が僕を呼んだ。

「社長、前田さんから電話です」

電話に出ると、前田は聞いた。

「そっちの調子はどうだ?」

「順調ですよ」

「金勘定が得意なだけはある。一年で任せられるようになるとはな」

「それって褒めてるんですか」

「電話を取ったのは新しい社員か」

「ええ、それなりに働いてくれていますよ」

前田との二人体制ではロンダリング会社として目立ちすぎると僕は乙矢に直訴した。

実際のイベント業務を行っているからこそ、架空のイベントが目立ちにくくなるのであって、こんな状態で税務署が入れば、うちからボロが出る可能性がある。

乙矢は承諾し、その後一年間で二人の社員と三人のバイトを雇った。年齢はまちまちだが、特に目をかけているのは、前田からの電話を取り次いだ足立という一歳年上の社員だ。彼らはエスコーポレーションの実態は知らずにイベントの運営業務に勤しんでいる。

ロンダリングについては僕には希有《けう》な才能があったらしい。次々と新しい手口を提案した。外国人タレントを招集することにしておき、招致に失敗、違約金を払う形でその金額を損金として計上したり、原価百円のグッズを海外から一万円で輸入し、ほとんど売れ残ったとして損金を出したりした。税金のかからないタックスヘイブンに幽霊会社を作って金を集めたり、流行りの仮想通貨も利用して、せっせと裏金を洗濯していった。

いずれも前田と乙矢の協力をあおいだが、特に強い海外コネクションを持つ乙矢の力なしでは成功させることはできなかった。

前田は完全にエスコーポレーションの業務から離れ、別の仕事をしている。それが合法なのか違法なのか、違法ならばどれだけヤバイものなのか僕は知らなかったし、知りたくもなかった。しばらく前田と話して電話を切った。

業務時間が終わりに近づいた頃、乙矢が会社を訪ねてきた。社員たちがオーナーの乙矢に挨拶をし、乙矢は柔和な様子で応えるが、その表情からは感情が読み取れない。乙矢は僕にのっぺりとした顔を向けた。

「順調らしいじゃないですか」

「ありがとうございます」

「前田君は？」

「最近あまり出社していません」

「ここは君が回してくれていますからね」

乙矢は僕の姿をまじまじと見た。

「この一年で時計に似合う服を着られるようになりましたね」

気恥ずかしくなって頭を下げる。乙矢が報酬を上げてくれたことで、父がくれた高級腕時計に似合うスーツも着られるようになっていた。社員が次々に帰っていき、会社には僕と乙矢を残すだけになった。

「これから時間はありますか」

乙矢の問いに頷くと、切れ長の目を更に細める。

「ご褒美にいいところに連れていってあげましょう」

5

エスコーポレーションから徒歩三分の距離にあるコンクリート打ちっぱなしの洒落たビルに乙矢は入っていった。エレベーターで五階に向かうと「ＡＱＵＡ」というプレートの張り付いた黒いドアがあった。

アクア。たしか水を意味するラテン語かギリシャ語だ。

光沢のあるステンレス製のドアの手前には数字を打ち込むパネルが置かれている。乙矢は慣れた手付きで数字を弾いて、黒いモニターに人差し指をかざした。小さな電子音がしたかと思うと、ドアが横滑りして開いた。

店内は、黒と青の色調で統一されていた。

まず目を引いたのは、三方の壁を覆っている巨大な水槽だった。珊瑚や砂利が敷き詰められた水槽の中を、色とりどりの熱帯魚が泳ぎ回っている。バーの中に水槽があるというよりは、水族館の中にバーを作ってしまったようだ。

「すごいですね」

「趣味で作った会員制のバーです」

奥のカウンターには、二人の先客がいた。何気なくその横顔に目をやって、僕の心臓は弾んだ。

川西ユリカだ。入社早々にイベント会場の設営を手伝ったときは、ステージ下から見上げるだけだった川西ユリカがすぐそこに座っている。カウンターに肘をつきカクテルを飲む姿は、映画のワンシーンから飛び出してきたようだ。

乙矢が真っ直ぐユリカに近づいていき声をかけた。するとユリカは乙矢に嬉しそうに飛びつき、首に手を回している。設営のとき、ステージ上のユリカが前田に手を振ったことを思い出した。

「真君」

乙矢が振り向くと、つられてユリカも僕に目をやった。カウンターの間接照明に照らされたその顔は息を呑むほど美しかった。

「紹介しますよ」

乙矢に言われて、足が前に出た。乙矢を介したことでユリカは僕のことを信頼したらしく、にこやかに話しかけてくる。

「乙矢さんのところで働いてるの？」

硬い声で答えて頷くが、半ば放心状態でその顔に見入ってしまう。失礼だと思い慌てて目をそらすと、ユリカは喉を転がして笑った。次に乙矢は、カウンターに座るもう一人の女性を紹介した。

「初めまして。優です」

栗色の髪の快活そうなユリカとは違い、遠慮気味に黒髪のロングヘアーの頭を下げる。物憂げで浮遊感のある魅力を放っている。どこかで見た顔だと思い、タレントの新垣優《あらがきゆう》だと気付いた。〝離島アイドル〟という触れ込みでバラエティ番組を中心に活躍している沖縄出身のタレントだ。

もう少しユリカの近くにいたかったが、乙矢が窓際のテーブルに僕を誘った。乙矢と向き合って座ると、カウンターの中にいた三十歳前後のバーテンが注文を取りにきて、乙矢はワインのボトルを入れた。

ワイングラスを傾けながら、隣の水槽を泳ぎ回る熱帯魚に目をやる。顔を反対に向ければ、明るい笑い声を上げながらカクテルを飲む二人のタレントがいる。いつも前を通り過ぎていたビルの中にこんな世界があるとはいまだに信じられない。

「この間、嫌な話がありました」

ワイングラスを回しながら、乙矢が口を開いた。

「私の知り合いがタタキに遭ったんです」

タタキというのは強盗の隠語。僕が顔を曇らせると、乙矢はグラスを回す手を止めた。

「その知り合いはね、詐欺で稼いでいたんです。いくら稼いでいたと思います?」

さあと首をひねった。できればロンダリングより深い闇には首を突っ込みたくない。

「分かっているだけで二億。まあ、三、四億は稼いでいたでしょう。彼は一億を銀行に預け、五千万円をヤサに置いておいた。だが、ある日タタキに遭った。ヤサに帰ってくると、いきなり後ろからアイスピックで五箇所刺されて、家の中にあった金を盗まれたんです」

「物騒な話ですね」

「金の在り処を知られれば狙われるのは当然です。この話が嫌なのはここからです。そのヤサを知っていたのは、彼の親友と彼女だけだったんですよ」

頭の中で関係性を整理した。

「どちらかが狙ったということですか」

「それか、親友と彼女がデキていたかですね」

「答えは出ているんですか」

「分かりません。でも、この事件にはもう少し続きがあります」

息を呑んだ僕に、乙矢は淡々と続けた。

「後日、その親友が顔を潰された死体で発見されたんです」

背中を悪寒が走った。つまり強盗の犯人は親友で、その報復を受けたということなのか。そう聞くと乙矢は、それは分かりませんと微笑を浮かべる。

「いろいろなケースが考えられますね。タタキに遭ったやつが親友を殺したか、それとも金を持っていると思った部外者が殺したか、それともその親友に恨みを持っていたやつがどさくさに紛れて殺したか、女が金を独り占めしようとして殺したか——結局、消えた五千万円は出てきていない」

「女はどうなったんですか」

「行方不明ですよ」

迷宮のような事件だった。乙矢は静かに聞いた。

「この話からなにが分かりますか」

「誰も信用するなということですか」

僕が問い返すと、乙矢は丁寧な口調から一転して底冷えのする声で言った。

「自分の急所を見せるなということだ」

身が引き締まる思いがした。ロンダリングの仕事がうまくいっていることで浮ついている気持ちを諫《いさ》められたようだった。話し終えた乙矢は、目を細めてワインを飲んだ。

「その事件ですけどこんなケースも考えられませんか？　たとえば、詐欺師のヤサを知っているのは親友と彼女だけだったが、その二人を脅すなどしてヤサを吐かせた人間がいて、その人間が金を騙し取った。そして親友の彼女の犯行に見せかけるために二人とも殺した」

乙矢はワイングラスを胸の位置まで下げた。

「いいアイディアですね。さすがは真君だ」

乙矢の顔に影が差した気がして、これ以上話すことはやめた。

ドアが開く音がした。新しい客だ。

入ってきたのはカジュアルな格好をした二人組の男。乙矢に気付いた二人はテーブルに近付いてきて、僕には目もくれずに乙矢に挨拶をした。乙矢も僕を紹介することなく簡単に応じている。その後、二人はカウンターにいるユリカと新垣に声をかけにいき、親し気な様子で飲み始めた。

「あの人たちはどういう人ですか」

僕の問いに、乙矢は退屈そうに答える。

「ネズミが佐久間《さくま》で、犬が本山《もとやま》」

その特徴はぴったりだった。

「佐久間は新垣の事務所の社長をしています。本山はアパレルですが、商売はうまくないですね」

先程から本山は新垣の肩に手を回している。新垣の彼氏なのだろうか。

「二人とも環状連合のＯＢですか」

「ええ」

「乙矢さんとは昔からの知り合いなんですか」

乙矢は質問を重ねられることが気に入らなかったのか、先程より声色を落として、ええ、と言った。僕は口をつぐんだ。

二人でワインを一本開けてずいぶん酔っているはずだが、僕はアルコールの効き目以上にこの空間に酔っていた。視界が揺れて物の輪郭がおぼろげになる。僕はその揺らぎの中で時折ユリカの姿を目で追っていた。乙矢はシラフのような白い顔で、僕に聞いた。

「気になりますか」

ユリカのことだ。

「少し」

酔いで口が軽くなっている。

「話してきていいですよ」

「僕なんて相手にされませんよ」

「いいからどうぞ」

酔いの勢いに任せて、グラスを持ったまま席を立ち、ユリカのもとに向かった。環状連合OBや新垣と話していたユリカは、僕の姿に気付くと、カウンターの隣の席を勧めてくれた。いいんですかと聞くと、どうぞーと間延びした声で言い、僕に身体を向けてくれた。

「乙矢さん褒めてたよ。優秀だって」

ユリカの声に、そんなことないですよと首を横に振る。

「乙矢さん、あまり人褒めないから驚いた。どんな人か話してみたかったの」

よろしくね、と言ってユリカはカクテルの入った細いグラスを持ち上げた。ワイングラスを軽くぶつけて乾杯をする。僕はすっかり上機嫌になった。ユリカと話せることもそうだが、乙矢が僕を褒めてくれたというのは実感を伴った喜びがある。

酒で緊張がほぐれたのかユリカと話していても緊張することはなかった。僕は以前イベント会場でユリカを見たときのことを話した。ユリカは前田のことはもちろん知っていて、たまに飲んだり遊んだりすると言っている。

次のカクテルを頼んだユリカが聞いた。

「真君は彼女いるの？」

「います。ユリカさんは？」

しまった。こういうときに嘘がつけない。

「全然」

ユリカは判断しかねる答えをした。

6

店内に重低音の音楽が響き始めた。隣で飲んでいたユリカが、おっと言って顔を上げる。新垣も環状連合OBも話をやめて、意味ありげに顔を見合わせた。音楽が規則的なリズムを打ち始める。自然に身体が弾みたくなる音だ。店内が暗い水族館から、クラブのような雰囲気に一変した。

店内を見回すと、顎髭を生やしたバーテンが、店の中央にある黒塗りのテーブルの前で宣言するところだった。

「今夜は乙矢さんのおごりです。みなさん楽しんでいってください」

一同から歓声が上がる。おごられるだけでこんなに喜ぶのか。違和感があった。困惑する僕を尻目に、バーテンは煙草の箱から小さなビニール袋を取り出した。僕の目は釘付けになった。白い粉が詰まっている。

バーテンは黒いテーブルの上に白い粉を置いて、クレジットカードを取り出したかと思うと慣れた手付きで粉を線状に引き始めた。唖然としながらその光景を眺めていると、ネズミ顔の環状連合OBが話しかけてきた。

「ねえ、誰だっけ?」

探るような口調だ。

「乙矢さんのところで働いています」

「乙矢のところってどこ?　いろいろあるけど」

乙矢はエスコーポレーションだけではなく、さまざまな業態の会社を経営している。

エスコーポレーションですと答えると、表情が一気に和らいだ。

「知ってる知ってる。俺は佐久間、いつもお世話になってるよ」

佐久間という名前は役員として記されている。芸能事務所を経営していると乙矢は言ったが、役員報酬を払っているということは、僕が佐久間の金を洗濯しているということだ。軽薄そうな顔付きはあまり仲良くなれそうにない。僕は、どうもと言って頭を下げた。

次にもう一人のOB本山と挨拶をした。こちらはエスコーポレーションの役員に名前を連ねていない。アパレル会社を経営しているだけあり、服装は洒落ていて、身のこなしにも嫌味がなかった。こちらとは仲良くなれそうだ。

二人と話している間に、テーブルの上には、黒い大地を貫く一メートルほどの白い道ができていた。流れている音楽も最高潮に達し、店内に異様な興奮が渦巻いている。

「好きな長さだけどうぞ」

バーテンは一万円札を丸めてストロー状にした。それが乙矢を経由して僕の手に渡る。僕の弱腰を見抜いた乙矢が言った。

「吸うと楽しくなりますよ」

「どうやるんですか?」

「初めてなら五センチぐらいがいいでしょう。一気に鼻から吸い込むんです」

これがなにか、という質問ができる空気ではなかった。過去に映画で見たことがある。これがコカインというものだろう。覚醒剤なら注射器を使うはずだ。こんなものをやってしまっていいのか、と内なる声が言った。だが、それよりも低い冷め切った声が、こうなることぐらい分かっていたんじゃないのかと言った。

僕は鼻にストローをあてがい、白い粉を一気に吸い込んだ。

世界が金色に輝いている。音楽が身体に流れ込んできて、踵が自然に持ち上がる。周囲を見回すと、水槽の中の色とりどりの熱帯魚たちが、ルビーやサファイア、エメラルドのような宝石に見えた。

テーブルの上の白いラインは何本も引き直されている。僕は一度に五センチほどしか吸っていないが、佐久間やユリカは十センチ以上も吸い込んでいる。腹の底から愉悦《ゆえつ》がこみ上げてきて僕は笑い出した。周りのみんなも僕を受け入れるように微笑んでいて、僕はこのメンバーと過ごせて最高だと心から思った。

たまにふと我に返る。麻布十番の会員制のバーで、アイドルや環状連合ＯＢとコカインパーティをしている。これは一体なんなんだ。だが、そんな疑問が消失してしまうぐらいに楽しい。

カクテルグラスを持ったまま店内をふらついていたユリカが身体を寄せてきて、最初にやるのが乙矢さんのだと他のじゃ物足りなくなっちゃうねと言った。

「これっていいやつなの？」

「乙矢さんのはすごくいいよ。他のはもっと粉っぽいんだ」

コカインで酩酊したユリカは目尻を下げ、口元を軽く開けている。その色っぽい雰囲気に心臓がしぼられるように苦しくなる。ユリカと密着した夢のような時間を過ごしていたが、乙矢を見付けたユリカは僕から離れていった。おぼつかない足取りで歩むユリカを目で追うと、凛《りん》とした立ち姿の乙矢が出迎え、二人は軽くハグをした。

乙矢はコカインをめいっぱいに吸っている。酒も誰よりも飲んでいる。だが、誰よりも冷静に見える。乙矢を中心にこの場は作られている。みな乙矢に話しかけてもらいたくて仕方がない。乙矢こそがこの場の秩序なんだ。

僕の視線に気づいた乙矢はユリカの頭をあやすように撫でてから僕のほうに近づいてくる。すぐ側まで来ると乙矢が顔を寄せてきて、嫌味のないコロンの香りと共に囁く。

「映画みたいだと思いましたか？　これが現実ですよ」

7

ユリカとタクシーに揺られていると右手が温かくなった。ぼんやりと目を向けるとユリカの手が重ねられている。

乙矢にユリカを送っていけとタクシーに押し込まれたのはさっきのことだ。コカインの饗宴《きょうえん》は二時過ぎまで続き、手持ちのネタが尽きたところでお開きになった。乙矢は呆れたようにみなを見回し、本当にあなたたちは大食らいですねと言い、みなは嬉しそうに、はーいと子どものように答えた。

タクシーの振動に身を任せると、そのまま心地よい眠りに引きずり込まれそうになる。だが、コカインの作用が残っているためか、眠りにつく手前で跳ね返り、黄色い世界に呼び戻される。夢と現実の間を浮遊する感覚が続いていた。

タクシーが停車し財布を取り出したが、運転席側に座るユリカが先に支払った。乙矢さんに叱られちゃいますよと言ったが、先に降りてくれないと出られないとユリカに急かされタクシーを降りる。再び乗り込もうとしたタクシーはすでに走り出してしまった。タクシーに手を伸ばしてふらついた僕にユリカが耳打ちする。

「人に見られちゃうから早く」

ユリカは僕の手を引いてマンションに入っていった。エレベーターに乗り込むもののコカインのピークがぶり返してきた僕は立っているのがやっとだ。ユリカが玄関のドアを開けると十数足のブランドものの靴が所狭しと並べてあった。

「趣味なの」

ユリカは僕を部屋に上げた。

おぼろげな間接照明が灯る部屋の空気はゆるみきっている。窓の外では高速道路を走る車のテールランプが幻想的な光のラインを描き、街の灯りと調和している。ちょっと待っててとユリカが言って引き出しからビニール袋を取り出した。緑色の植物が入っている。

「これも初めて?」

「やったことない」

「簡単だよ。吸ったら息を止めればいいの」

ユリカは細かく千切ったマリファナをパイプに詰め、ライターで炙った。しばらく息を止めてから煙草とは違う青い煙を吐き出す。

「こういう感じ。分かった?」

「やってみる」

初めての煙は辛く、二、三度激しく噎《む》せた。ゆっくり吸うといいとアドバイスされ、速度を緩めると、今度は我慢することができた。アルコールにもコカインにもない、時間の流れが緩やかになる感覚がある。

改めてユリカの顔を見た。この部屋のすべてがユリカを祝福しているかのように美しい。ユリカが顔を近づけてきた。僕は笑いながらユリカを待っていた。ユリカの唇が僕の唇に触れ、その柔らかさに衝撃が走った。

「えっ、なに？」

僕は慌てて顔を引いた。ユリカの目が妖艶な光を帯び始めている。

「乙矢さんに言われたたし、私もその気になってきちゃった」

ユリカが膝を詰めた。僕は全身がカッと熱くなった。頭も胸も股間も激しい熱を持っている。ユリカが僕の身体に手を伸ばしたとき、真由美の顔が脳裏をよぎった。真由美のことを裏切ってはいけないと僕の胸が叫ぶ。僕はユリカの肩をつかんで遠ざけようとした。

その瞬間、激しい酩酊《めいてい》がやってきた。アルコールの曖昧さとコカインの愉快さとマリファナの心地よさが一気に襲ってきて、僕は思わず目を瞑《つむ》った。頭の中をさまざまな色の光が飛び交い、波打ち、光の宮殿を作り上げる。僕の身体が押し倒されて全身を黄色い光が包み込んでいった。


後頭部の鈍痛で目を覚ました。指で揉みほぐしながら身体を起こすと人の気配を感じる。そこには寝息を立てる裸のユリカの姿があった。昨夜は乙矢と飲みにいき、AQUAというバーでコカインをやった後、ユリカの部屋でマリファナを吸ったのだった。そこから先の記憶は途切れていたが、恍惚感に包まれた夢を見た覚えはある。

必死で昨夜のことを思い出そうとしながら僕はユリカの裸から目が離せなかった。透けそうなほど白い肌に豊満な乳房が曲線を描き、桜色の小さな乳首が乗っている。僕の下半身は屹立《きつりつ》していた。

そのときユリカが寝返りを打ち、かすかに目を開けた。ぼんやりとした表情で言う。

「おはよ」

僕は股間の状態がバレないように下半身をシーツに隠した。

「この状況は……」

ユリカはあっけらかんと答えた。

「結局乗り気だったじゃん」

やってしまったのだ。真由美と付き合ってから一度も浮気などしたことはなかったのに。ユリカは僕のことを意外そうな顔で見た。

「したくなかったの？」

「彼女に申し訳ないし」

そう言ったものの真由美に対する懺悔の気持ちとは別に、ユリカとやれたなんて最高じゃないかという思いも存在していた。それがまた僕の心に影を落とした。

「全然覚えてないんだ」

ユリカが意地悪をするような顔付きになる。

「覚えてたらいいの？」

人差し指を伸ばし、僕の腹に滑らせた。僕は身体をくねらせる。

「そういうわけじゃ」

ユリカは僕を正面から見た。大きな瞳に吸い込まれそうになる。

「もう一回しよっか」

熱い息が込み上げる。反射的にすいませんと頭を下げて、ベッドから飛び降りた。屹立した股間が露呈し、慌てて手で覆ったが隠し切れない。ユリカの乾いた笑い声が響いた。

8

ぼんやりと窓の外を眺めていると、赤や黄色に色づいた街路樹の脇を小型犬をつれた若い女性が歩いていく。美術の教科書に載っている絵画の中の世界のようだ。

「ねえ、真。聞いてる？」

「聞いてるよ」

「聞いてなかった」

そう言う真由美の顔をまじまじと見てしまう。たしかにかわいい。だが、ユリカの顔が浮かんでくると途端に色褪せてしまう。

「最近なんか変だよ。悩み事でもあるの？」

「特にないよ」

真由美は釈然としない様子で紅茶のカップを傾け、僕はまた窓の外に目をやった。あの夜以降、世界の見え方が変わった。これまで自分が接していた世界はほんの上澄みに過ぎなかった。会員制バーのドアをくぐれば、選ばれた者だけが体験することができるきらびやかな世界が広がっている。僕はそこに入る鍵を手に入れたのだ。

乙矢や前田に連れられて幾度となくＡＱＵＡに足を運んだ。コカインやエクスタシーを摂取し、そのときは最高に楽しいと思う。タイミングが悪いのかユリカや新垣と会うことはなかったが、この世にこんなに楽しいことがあったのかと驚かされる。クスリをやるたびに次はどんな快楽が待っているのだろうと期待し、最高到達点を更新しようとする。

だが、二、三ヶ月もすると、心境に変化が表れた。良質のクスリをやっても快楽の天井が見えた気がして最初のときほど楽しむことができなくなった。前田はそんな僕のことを、変わったやつだと言っている。前田が僕ぐらいの年齢のときは日課のようにドラッグ遊びをしていて飽きることなどなかったという。それに対して乙矢は、それが君のいいところですと言っている。何事にもハマらないところがいい、と。

僕は目の前の真由美に視線を戻した。眉の高さが左右でわずかに違う。唇が薄い。頬骨が少し出ている。ユリカと会わなければ気付かなかった粗が目につく。だが、真由美と向き合っていると心が落ち着いていくのが分かる。ホットコーヒーを飲んで一息ついた。

僕は真由美とこうやってお茶を飲んでいるほうがいい。たまにはＡＱＵＡに出入りするのもいいけど、帰ってくるのはここなんだと思った。

「なに見てんの?」

僕の視線に気付いた真由美は唇を尖らせた。

9

久し振りに出社した前田と、応接室で話していた。オフィスでは社員たちが慌ただしく走り回っている。こうして見るとエスコーポレーションも普通の会社であるように見えるから不思議だ。

夕方、来客があった。高級スーツを着た優男だ。

「乙矢君いる?」

男の問いに前田はいくぶん丁寧に答えた。

「今、いないんすよ」

「そーか、オヤジが会いたがってたよ。たまには顔出せって」

「伝えておきます」

前田が頭を下げると、爽やかによろしくと言って男は去っていった。一流企業のサラリーマンのような風貌が気になり、僕は前田に尋ねた。

「今の人は?」

前田は声をひそめて答える。

「不良だ」

「ホントに?」

前田が社員に配慮したのに、僕のほうが声が大きくなってしまった。不良というのはヤクザの隠語。一人の社員が不思議そうに僕を見たので、愛想笑いを返した。

「そんなふうには見えなかったんですけど」

「最近のできる不良はあんな感じだよ」

来訪者の名前は千木良《ちぎら》。

日本最大規模の勢力を誇る暴力団八潮会《やしおかい》の二次団体安食組《あじきぐみ》の組員である。八潮会の名前はヤクザ関連のニュースの中で何度も耳にしたことがあった。

エスコーポレーションに関わってから犯罪には少しずつ耐性ができてきたつもり

だったが、こんなふうにヤクザが現れるとは思っていなかった。就業後、ヤクザ社会について教えてくれませんかと頼むと、前田は面倒臭そうではあるが了解してくれた。

前田の指紋認証でＡＱＵＡに入店する。早い時間のため、僕たちの他に客はいない。テーブルに向き合って座ると、前田が口を開いた。

「不良のなにを知りたいんだ？」

基本的なことからお願いしますと言うと、前田は顔をしかめたが、しょうがねえなと呟き、説明をしてくれた。

ヤクザというのは疑似家族の関係を結ぶことで組織を形成している。組長が一家の父親としてトップに立ち、その組長から盃を受けるのが子どもである組員。その中でも長男にあたるのが若頭と呼ばれる組のナンバー２だ。その他にも組長の兄弟分である叔父貴や他団体の客分などが存在しているという。

「古風な世界なんですね」

「古い。だから不良はダメなんだ」

前田は吐き捨てるように言った。

「暴対法と暴排条例って聞いたことがあるだろう」

「ヤクザを取り締まる法律ですね」

「簡単に言うと、不良は人間じゃありませんっていう法律だ」

　この二つの法律によって、ヤクザはアパートを借りることも、銀行口座を作ることも、ヤクザという身分を隠してゴルフ場でプレーすることもできなくなった。また、ヤクザと関わりのある者は密接交際者として認定され時として排除の対象になる。結果的にヤクザは孤立を深めることになった。

「じゃあ、ヤクザはキツいんですね」

「キツい」

　公共事業の入札からも締め出しを食らい、薬物売買や企業恐喝、闇ギャンブル、風俗などのシノギぐらいしか食い扶持がなくなっている。金のないところに人は集まらない。ヤクザになりたがる若いやつはほとんどいないと前田は言った。

「だからお前も不良にはなるなよ」

「環状連合は違うんですか」

「まったく違う。うちはそうだな。いろんな社会に根を張っているアメーバみたいなもんだ」

　前田いわく環状連合のメンバーは、芸能界、アパレル業界、広告代理店、コンサルタント、投資ファンド、イベント会社などさまざまな業界に散らばり、根を張っているという。基本的には個々で動いているが、条件が合致すれば友達としての横のつながりや先輩後輩の縦のつながりで集まりシノギをこなす。

「コングロなんとかってあるだろう、コングロなんとか」

「コングロマリットですか」

そうそうと前田の顔が明るくなる。

「俺たちはアングラ界のコングロマリットだ。不良とも持ちつ持たれつでやっている」

「さっきの千木良って人はどうなんですか？ ヤクザとして」

「さあ、俺は仕事をしたことがないから分からない。クラブ好きだからたまにイベントで会うけどな」

前田はそこまで話したところで僕にアドバイスをしているのが癪に障ったらしく、とにかくだとまとめに入った。

「裏社会は金だ。不良も食い詰めてる。乞食《こじき》は相手にされない。馬鹿にされたくなければ金をつかめ」

その後、ＡＱＵＡに客がやってきた。脂下《やにさ》がった顔付きの中年男性とユリカだ。前田が声をかけると、ユリカは僕たちのテーブルに顔を出した。

「前田さん、久し振りー。元気だった？」

「元気じゃないように見えるか」

前田は丸太のような腕に力こぶを作って見せた。ユリカが大袈裟に驚く。ユリカと会うのはあの夜以来だ。僕が縮こまっているとユリカは、真君も久し振りーと挨拶をしてきた。あれぐらいのことはなんでもないらしい。

ユリカは連れの中年男性を紹介した。その刈谷《かりや》という男の顔には見覚えがあったが、どこで会ったのかは思い出せなかった。刈谷に軽い嫉妬心を抱いたが、ユリカに胸を押し付けられて鼻の下を伸ばしている姿を見てどうでもよくなってきた。

カウンターで飲み始めた二人を横目で見て、前田が毒づくように言う。

「あの女、いまいち好きになれねえ」

「あの男は誰ですか？」

前田はピスタチオの殻を音を立てて割った。

「お前は質問ばっかりだな」

「すいません。気になるんです」

前田は億劫そうに言った。

「パパだよ、パパ」

「パパってお金をくれる、あのパパですか」

「金もそうだが、この店の場合、マンションや車を買ってくれるとかいう話のほうが多いな」

頭がくらくらしてきた。

「でも、この間彼氏いないって言ってましたよ」

「彼氏は彼氏、パパはパパでほしいんだ」

前田は、そもそもこの店自体が愛人契約の場として作られたと話した。前田が例に挙げたのは、最近人気が急上昇しているダースという十二人組のアイドルグループだった。ダースのメンバーはそれぞれが異なる事務所に所属している、いわば寄せ集めのアイドルグループである。最初は売れると思っていなかったためアイドルとしてデビューさせた実積だけを作り、その後「元アイドル」という看板をつけてＡＶにデビューさせたり、会員制の高級コールガールとして使おうと思っていたらしい。

実際にコールガール事業は、この店を拠点にしてアイドル活動と並行して行っていたが、思った以上に売れてしまったため、今のところ店じまいし、いずれ人気が落ちた頃にバラ売りする計画になっているという。

エスコーポレーションのロンダリングもそうだが、芸能界の話を耳にすると、僕たちが日頃目にしている世界が虚飾に満ちていることが如実《にょじつ》になる。僕はにやけ顔の中年男に目をやった。

「あの男どこかで見たことあるんですけど」

「人材派遣会社やってんだよ、有名人だよ」

その言葉でピンと来た。真由美が働く一部上場企業の人材派遣会社の社長だ。

経営者が成功までの道のりを語るドキュメンタリー番組で特集されているのを見たことがある。たしか東北の田舎出身で身寄りもなく、どん底の貧乏から仕事だけに打ち込んで、上場企業の社長まで上り詰めたという話だった。ユリカをはべらせて酒を飲む姿は、番組の中で、僕には家族がいません、だから社員を家族だと思っていますと語っていた姿からは想像もつかない。

「さらに言うと、やつの会社はフロントだ」

「僕の彼女あの会社で働いているんですよ。よく彼女にあなたはまともじゃない仕事してるって叱られるんですけど」

「まともに見える会社だって中身はどうなってるか分からないもんだ」

僕はＡＱＵＡの水槽に目を向けた。

空気の中で生きる僕たちと、水の中で生きる魚――現実世界の裏と表はこんなふうにはっきりと分かれているわけではないのだ。それぞれが侵食し合い、時には混ざったり反発しながら渾然一体となっている。一度濁ってしまった水を、真水とそれ以外に分けることは不可能に近いだろう。

続いてＡＱＵＡに二人の来客があった。一人はネズミ顔の佐久間。もう一人は初めて見る顔だった。丸刈りの頭、くすんだ眼差し、周囲を威圧するように揺さぶる巨体――どう見てもカタギではない。佐久間を従えるように店に入ってきた。

前田の姿を見ると鷹揚《おうよう》に手を上げて挨拶をして、離れたテーブル席に座る。途中でユリカに声をかけたが、ユリカはパパがいるからか、つれない態度で相手にしなかった。

前田がコロナの瓶を一気に傾けた。

バーテンに追加を頼んでから口を開いた。

「向こうのデカイの。あいつは不良だ」

「環状連合のメンバーじゃないんですね」

「いや、うちの古株だよ」

「さっき環状連合はヤクザじゃないって言いませんでしたっけ」

「それが仲間の中にもいるんだよ。ついでに言えば佐久間は不良にケツ持ってもらってる」

わけが分からない。

「売春グループのダースの仕掛けを最初に考えたのは佐久間だ。だが、話がデカくなりすぎたせいで不良が絡んできた」

「絡んできたっていうのは？」

「いろんな問題が出てきてな、自分ではケツを拭けなくなったんだ。ブルッて不良にケツ持ちを頼んだんだよ」

佐久間は、先程オフィスを訪ねてきた千木良が所属する安食組に面倒を見てもらっている。前田の口振りからすると、ケツ持ちを頼むのは、金もかかるし、際限なく食い込まれるしで、いいことはなさそうだ。これまでに接していた印象からすると、佐久間は力のある人間に媚を売る小役人タイプらしい。

それに対し、巨漢のほうは、安食組と敵対関係にある刃率会《はびき》という組織の正式な組員だった。名前を聞いて分かった。

門脇勝《かどわきまさる》――

環状連合ＯＢの中でもかなりの実力者で、乙矢とも親交が深い。エスコーポレーションの役員にも名前を連ねているから、よほど裏社会でつかんだあぶく銭があるのだろう。軽薄そうな佐久間と違い、その目付きには暗いものが感じられる。弱い者いじめをした挙げ句に自殺まで追い込みそうなタイプだ。

「二人は関係している組織が違うんですよね。仲良く飲んでていいんですか」

「そこが半グレのいいところだ。代紋を越えたところで付き合える。不良じゃこうはいかないからな」

ヤクザでもカタギでもないグレーゾーンにいる者のことを〝半グレ〟と呼ぶ。ヤクザの衰退とは裏腹に力をつけているのが半グレなのだ。

「違う組同士で協力することがあるんですか」

「俺たちが間に入ることでひとつのシノギを分担することができる。そういう意味では裏社会の何でも屋みたいなところもあるな。だが、俺たちは不良の下についているわけじゃない。それは間違えるなよ」

「乙矢さんはヤクザじゃないですよね」

「違うと思う」

「ケツ持ちはいないんですか」

「いないことはないだろうが、あの人のことは分からない。さっきの千木良は安食組だが、金が渡っているのか、シノギでつるんでいるのか、それさえも分からない」

以前、乙矢に言われたことを思い出した。これが急所を見せないということなのか。どんな世界にも上には上がいる。また、天敵という存在もある。自分の後ろ盾を知られてしまえば、なんらかの対策を講じられてしまうが、その正体を隠しておけば、うかつには手を出せなくなる。

僕は前田でも知ることができない乙矢の実像に迫りたくなった。そのためにはここに連れてこられているうちはダメだ。せめて自分で来られるようにならなければならない。静かに決意した僕のところにユリカとパパが現れた。

「真君、また遊ぼうねー」

ユリカが手を振り、二人は退店していった。

10

六本木駅から十分の距離にあるマンションで一人暮らしを始めた。１ＤＫの間取りで家賃は十四万円。少々高かったが、エスコーポレーションの業績が上がっていることが評価され、乙矢が報酬を上げてくれた。ここなら会社にもＡＱＵＡにも自転車で出ていくことができる。

一人暮らしをする理由は、仕事が忙しくなってきたから会社の近くがいいと母には説明したが、環状連合ＯＢとの付き合いが増え、コカインをやる頻度が増えていることが一番の原因だ。

他の人間の目はごまかせても、母の目はごまかせない。明け方までコカインをやった日などは、体調を心配して胃薬を持ってきてくれた。僕は母にそんな姿を見せたくなかった。結局のところ、親の目の届かないところで悪いことをするガキと同じだ。

帳簿の整理で遅くなり、二十三時過ぎにマンションに戻ると、リビングの明かりがついていた。玄関には赤いハイヒールが綺麗に並んでいる。

「ただいま」

部屋に上がると、テレビを見ていた真由美が立ち上がる。

「遅かったね」

一人暮らしを始めてから真由美は連絡もなしに家を訪ねてくるようになった。今日はどうしたのと聞くと、会いたくなっちゃってと抱きついてくる。真由美は僕を抱きしめながら、首筋の匂いを嗅いで女の気配を探している。

「ご飯食べた？」

「松屋行った」

松屋で定食をかきこんできた。真由美はまだなにも食べていないと言った。

「なんかないかなーと思って冷蔵庫開けたけど、あいかわらずなんにもないね」

冷蔵庫には、ビールや焼酎などの酒類と、醤油、マヨネーズなどの調味料程度しか入っていない。中身を確認しているのも真由美なりの浮気チェックに違いない。僕はそのシーンを想像してかわいらしいと思った。

たしかに前田たちと遊んでいるときは、真由美から電話がかかってきても放置しているが、必ず後でかけ直している。前田や佐久間は女を取っ替え引っ替え遊んでいるが、僕が浮気をしたのはユリカとの一度きりだった。

真由美が部屋を歩き回る。

「このランプ、おしゃれだね」

ラグマットに置かれたトルコランプは、麻布で遊び疲れた前田や環状連合ＯＢが来たときに落ち着く環境を作るためのものだ。

「そう?」

「うん、あとあれもこの間までなかった」

真由美は三十センチほどの卓上ミラーを指差した。コカインのラインを引くときに使うためのものだ。

「引っ越してから真、おしゃれになったよ」

「そんなことないと思うけど」

実用的なものを揃えているだけだが仲間のことを思うと、少しいい値段のものを買うようになる。それが真由美にはおしゃれ、ひいては女の影に見えるらしかった。

「真、最近、冷たくない?」

真由美はためらいがちに僕の目を見た。

「浮気してたら許さないんだから」

冗談めかした口調だが、かえってそれが深刻に聞こえる。

「してないよ。そんなにムキになるなよ」

「本当?　信じてるからね」

真由美を抱き締め、頭を撫でた。ユリカとのことが一瞬頭をよぎったが、あれは不可抗力だ。僕の中では別のカテゴリーになっている。真由美は安心できないのか、うーとか、んーとか言っている。その反応が僕にはたまらなくかわいかった。ＡＱＵＡに来るタレント連中は、こんなに素直な反応はしない。

僕は、そうだと言って身体を離した。真由美の瞳が不安気に揺れる。

「この間、母さんと話したんだけど、今年もうちの忘年会来るよね？」

毎年、年越しは家族ですることになっているが、三年ほど前から真由美も参加するのが恒例になっていた。すでに十二月も中旬に差し掛かり、今年も残すところわずかだ。

真由美は小さく頷いた。

「私はそのつもりだよ。お母さんが呼んでくれるなら行きたい」

「母さん、ぜひおいでって言ってたよ」

母も妹も真由美に会うのを楽しみにしている。僕が一人暮らしを始めてから家を訪ねる回数が激減したこともあり、夏樹などはお兄ちゃんなんかよりお姉ちゃんに会いたいと言う始末だった。

「嬉しい。あとでお母さんにＬＩＮＥしておくね」

「そうしてあげて。母さんも真由美からＬＩＮＥが来ると喜ぶよ」

僕たちは顔を見合わせて微笑んだ。先程の重い空気は完全に消えていた。そのとき真由美のおなかが小さく鳴った。

「なにか食べに行く？」

僕の問いかけに、真由美は恥ずかしそうに頷いた。

「忘年会まで待てないみたい」

11

仕事終わりに寄ったと言って、乙矢と前田が僕の部屋を訪れた。昨日、真由美が座っていた場所に乙矢が座っている。エスコーポレーションの現状を報告すると、乙矢が部屋を見回した。

「少しは遊びを覚えましたか」

「ええ、でも、なんだか実感がなくて。のめり込むことができないんです」

最近の生活には満足している。だが、遊び疲れ、一人で部屋にいるときなど、なにをやっているんだろうと急激につまらなくなることがあった。乙矢は、嬉しそうに頬を緩《ゆる》めた。

「それはどういう感覚なんですか」

「たまに感情がなくなったようになにも感じられなくなってしまうんです」

「もう少し聞かせてください」

「静かな空間に一人でぽつんと立っているような感じで、どちらかというと嫌なはずなんですが、その一方でこれでもいいと思っている自分もいるんです」

うまく言葉にならない。突然、それまでうねっていた感情の波が動きを止めて硬くなっていくのだ。言葉を探しあぐねていると、前田が顔をしかめて言った。

「そんなこと考えずに遊べばいいのによ。遠慮してるからつまらないこと考えるんだ」

僕は前田が羨ましい。欲望を羅針盤にして生きている前田が輝いて見えることがある。僕はきっと常になにかを考えていないと前には進めないタイプだ。乙矢は優しく目を細めた。

「その感覚がどうなるか楽しみですね。変化があったらまた聞かせてください」

ひと呼吸置いて、乙矢は言った。

「三十一日はあいていますか」

「大晦日ですか」

「グランドハイアットの部屋を借りて忘年会をやるんです。よかったら君も来ませんか？」

前田をはじめ、ユリカや新垣、佐久間、本山、門脇などの環状連合ＯＢも勢揃いする。前田は楽しいぞおと声を緩めた。明け方まで続くきらびやかな響宴――そこにいる面々も、流れている音楽も、乙矢が持ってくるコカインも最高のものであるに違いない。

「俺はこの一日のために一年間働いてると言ってもいいな。お前も来るだろ」

前田に誘われた僕は乙矢を見た。

昨日そこに座っていた真由美が脳裏をよぎる。

「すいません、その日は家で忘年会があるんです」

乙矢は沈黙していたが、前田がそんなのすっ飛ばしちまえと言った。

「彼女にも話してしまったし、もう動かせないです」

これは人生の分かれ道だったかもしれない。真由美を誘う前に乙矢に呼ばれていたら今年はグランドハイアットのパーティに参加していただろう。一年間続けてきた仕事の総決算がそのパーティであったならば、来年の行動も決定付けられたはずだ。だが、僕は家での忘年会を選んだ。後ろ髪引かれる気持ちと安堵がない交ぜになっていると、乙矢がソファから立ち上がり、無機的な声で言った。

「家族は大事にしたほうがいいですね」

乙矢に見限られてしまったのではないかと少し怖くなった。

12

クリスマスイブの前日だった。明日の夜一緒に過ごすことになっていた真由美が部屋に飛び込んできた。ドアが開いたかと思うと、血相を変えて詰め寄ってくる。

「真！　ひどいよ！」

真由美の顔は激しく歪み、ただならぬ事態が起こったことを表していた。僕は真由美に押されるがまま壁に背中をついた。

「真、浮気してるでしょ」

真由美は目を三角にして言った。

「えっ、なんで？　なんで？」

僕が困惑していると、真由美は僕の身体に何度も鉄槌を打ち付けてきた。

「なんだか調子が悪くて病院に行ったらクラミジアだって……」

俯きながら告白すると、真由美は屹然として僕を見た。

「真、浮気してる！」

引きつりそうになる表情を必死で押さえる。ユリカしかない。ユリカはパパと遊んでいるような女だ。あのときコンドームを使わないままセックスをした。

「してないよ」

首を横に振ったが、真由美の瞳は僕をつかまえていた。

「じゃあ、私がしたっていうの？　私は絶対にしていません」

「銭湯やサウナで移ったりしないの？」

「ほとんど、そういうことないみたいだよ」

「だけど、俺、そんなの記憶にない……」

僕が弱腰になっているのを真由美は見透かしていた。僕の目玉をわしづかみにするような眼差しで言った。

「本当のことを話して」

追い詰められた僕は告白するしかなかった。だが、ユリカやコカインの話をするわけにはいかず、先輩に誘われて風俗に行ったという話にすり替える。本番はしておらず、あくまで口だけのサービスだったと説明するが、それだけのことで移るのかは分からなかった。

懸命に説明しているうちに、それが自分でも本当の話のように思えてきて、真由美の質問に対しても自然な言い訳が出てくる。真由美は瞳に疑いを滲ませたままじっと僕を見た。居心地の悪い時間が流れる。

「分かった。信じてあげる」

僕は安堵したが、それを見透かされないようすぐに心に蓋をかぶせる。

「とにかく病院行ってきて」

僕たちのクリスマスはおあずけになった。

性病検査を行っている病院を調べると、検査結果が分かるまでの日程はまちまちだったが、新大久保に即日結果を出してくれる病院があった。さっそく翌日の昼時に会社を出て、クリニックに足を運んだ。

来院し受付けで初診だと告げると、女性の看護師に、必要事項を記してくださいと問診票を渡された。待ち合い場所には他に三人の男性がいたが、みなよそよそしい雰囲気を醸し出している。

真由美が帰った後、ネットで調べると男性女性ともにクラミジアは自覚症状が出にくいと書かれていた。だが、そのまま放置すると不妊症の原因にもなるらしく注意喚起がなされている。若年層でクラミジアは爆発的に増加しており、高校生の十数パーセントがかかっているという報告まであり、ぞっとした。

ベッドで寝ていたユリカの姿を思い起こし、嫌気が差した。見た目はキレイだが、そんな女が身体の中にとんでもないものを飼っている。ユリカのことを冷めた見方をしている前田に完全に同意すると思った。

問診票を提出すると、紙コップを渡され、採尿するように言われた。トイレで小便を紙コップに採り、脇の棚に置く。ソファで名前を呼ばれるのを待っている間、股間がむずがゆくなった気がした。

診察室で向き合ったのは、片言の日本語を話す中国人の先生だった。年齢は四十代後半。髪の毛は若干薄いが、肌には絶倫の中年男性特有の張りがある。

先生は問診票に目をやって、クラミジアの検査ですねと言った。当日の検査を希望すると告げると、保険は利かず通常検査の三倍の八千円がかかると言われたが、即日検査を依頼した。なにせ明日はクリスマスなのだ。明日までにはなんらかの結論を手にしておきたい。

「では、そちらに寝てください」

脇のベッドに寝転んだ。

「ズボンと下着を脱いでください」

足元には女性の看護師が立っているが、恥ずかしいという感覚はない。まな板の上の鯉のような心境だ。ズボンと下着を脱ぐと、ビニール手袋をハメた先生が僕のものをつまみ上げた。そしておもむろに尿道の両脇に親指を添えて、尿道をぱっくりと開く。先生はその奥をじっと観察している。これにはさすがに顔から火が出そうになった。

次に先生は綿棒を取り出したかと思うと、その先端を尿道に当てた。

そして無言のまま突き刺した。

男性器の中心に熱い杭が打ち込まれたような刺激が走る。僕が仰け反り、うっと声を漏らしすと、先生は僕の反応を嬉しそうに見てから綿棒を抜き取った。

「起き上がってください」

先生は綿棒を看護師に渡すと、三十分ほどかかりますから待合室で待っていてくださいと言った。どの道クラミジアにかかっていることは明白なので、僕の関心は、この後の治療と、真由美の機嫌をどうやって直すかということに向かっていた。

一時間ほどかかって、ようやく呼ばれた。診察室に入ると、顕微鏡の中の世界が小型モニターに映し出されていた。先生は慣れた手付きでプレパラートを一枚取ると、それを顕微鏡に乗せた。

「これがクラミジアにかかっている人のものです」

無数の泡や棒状のクズがモニターに映る。これは僕のものではなく、誰かの尿道に綿棒を突っ込んで採取したものだ。先生はこのクズが繁殖している菌なのだと告げた。

「次に普通の人のものです」

もう一枚のプレパラートを顕微鏡にセットすると、こちらは明らかに綺麗だった。気泡は数えるほどしかなく、棒状のクズは見当たらない。先生はいたずらっぽく僕の目を見てから、新しいプレパラートをセットした。

「これはあなたの」

モニターには棒状のクズが映し出された。二枚目に見た正常なものより、明らかに一枚目に見たものに近い。分かり切った結果だが、それでも落ち込む。

「結構、汚れているね」

先生は棒状のクズや泡を指差しながら説明を始めた。

13

沈痛な面持ちで向き合う僕と真由美の間には、検査結果が記された紙が置かれている。真由美の目線はテーブル上の紙に落ちているが、納得がいかない様子だ。クラミジアの検査項目の欄には陰性であることを示す「－」が記されていた。

「先生が言っていたんだけど男の場合、尿で流れちゃうことがあるらしいよ」

プレパラートを見る限り、僕のものは汚れていたが、それは尿道が炎症を起こしているためであり、クラミジアの菌は検出されなかった。僕はクラミジアではなかったのだ。僕は不思議に思ったが、先生は汚れているのは間違いないので、おそらく菌が深いところに行く前に尿で押し流されてしまったのだろうと説明した。覚悟していただけに釈然としなかったが、検査結果は信用するしかない。

「だったら私が前の彼に移されたのかな」

真由美が小さくつぶやいた。僕と付き合う前の真由美のことは知らないが、高校生のときの話だろうか。わざわざそんな話など聞きたくない。クリスマスのカップルにしては異様なほど重い空気が漂っていた。僕は気持ちを切り換えて外に出ようと提案しようとした。

そのときテーブルに置かれていた真由美のスマホが鳴り響いた。着信音に反応した僕は何気なくスマホの画面に目をやった。

——ひろしくん
親友の名前を目にしたとき、ふいにすべてが理解できた気がした。

「出なよ」

僕は自分でも驚くほど冷たい声で言った。

「いいよ。今、真と話してるから」

怯えたように拒む真由美を見て、疑念は確信になった。僕は手を伸ばして、しつこく鳴り続けているスマホをつかんだ。取り返そうとする真由美の手を振り払う。

「俺が出る」

電話に出ると、広志は驚いたように言った。

「びっくりしたー。真か」

僕は広志には付き合わず、事実を突き付けるように言った。

「全部、分かってんだよ。こいつが白状した」

やめてよと言いながら立ち上がった真由美がスマホを取り返そうとする。僕も立ち上がって真由美の肩を突き飛ばした。後ろによろめいた真由美が、力をなくしたように俯《うつむ》く。電話の向こうの広志は、うわずった声で答えた。

「なんのことだよ」

「いつからだって聞いてんだよ」

　鋭い声で言いながら、僕は自分の意識が身体から抜けてしまったような感覚にとらわれていた。ほとんど諦めているが、それでも嘘だと言ってほしいという甘えと、それを遠いところから眺め、親友っていってもこんなもんだよなと思っている自分とがいた。答えようとしない広志に言葉を重ねる。

「もう分かってんだよ。それぐらい自分で答えろよ」

　数秒の間があり、観念したような声が聞こえた。

「半年ぐらい前……」

　僕はなにも言わなかった。沈黙に耐えられなかった広志は言い訳じみたことを口にした。

「お前のことが心配で相談に乗ってたんだ」

「それだけでなんで性病が移るんだ？　俺のほうは陰性だったよ。どうなってんだよ、これ」

「お前、最近怖いよ。あの会社に入ってから変わったよ」

「とやかく言ってんじゃねえ！」

　広志は黙った。僕は離れた位置に立っている真由美に目をやった。真由美の勤めている会社はヤクザのフロント企業だ。その社長はユリカに金を援助している。僕はすべてがバカバカしくなった。

「つまらねえよ。お前ら、もういらねえ」

吐き捨てて、電話を切った。身体を強張らせて様子をうかがっている真由美に、帰れと告げた。先程の自分の声にも驚いたが、それよりも更に冷たい声だった。

「真……」

すがるように見る目がしらじらしい。そんなふうに情に訴えようとするところや、広志のようにいい人ぶる神経、僕の会社や乙矢を批判するところが許せなかった。

「気持ち悪いよ。お前帰れって」

スマホを放り投げた。真由美の身体に当たったスマホは床に落ち、真由美は真っ青な顔でそれを拾った。顔を上げ、なにか言おうとしたので、真由美の目を見据えた。それで言葉が出なくなった。真由美は息を呑んだように固まり、逃げるように部屋を出ていった。

14

大晦日の東京の街は巨大な生命体のようだ。ビルや民家の明かりと、高速を走る車のテールランプが連動し、長く深い呼吸を繰り返している。その妖艶な魅力に目を奪われていると、すぐそこにある東京タワーをつかむことさえできそうな気がした。グランドハイアットのスイートルームからの眺めは、人によっては東京という街を一瞬でも手に入れたと思うかもしれないし、僕のように生々しい吐息を感じる人もいるかもしれない。

部屋の中央に置かれたテーブルを挟んで、ワイシャツの袖を肩口までたくし上げた前田と門脇が向き合っている。総合格闘技のジムに通っている前田の腕にはブロック肉のような筋肉が張り付き、その上に龍の刺青が踊っていた。

対峙する門脇も遜色はない。坊主頭の巨漢という見てくれはこけおどしではなく、シャツをめくり上げると逞《たくま》しい上腕二頭筋《じょうわんにとうきん》が露《あらわ》になった。前田に聞いた話では、ヤクザとして活動している門脇は環状連合時代、喧嘩の強さでは一、二を争うほどだったという。誰と争っていたかといえば乙矢で、乙矢は今の優男《やさおとこ》ぶりからは想像できないが、当時は誰もがぶつかることを避けるほど凶暴だったらしい。

前田はテーブルに肘をつき、腕の具合を確かめている。

「さあ、来いやぁ」

門脇も力んだ表情でテーブルに肘をついた。

「どんなもんか見てやるぜ」

ライバル心を抱く前田と門脇は年末の腕相撲で雌雄《しゆう》を決することになっていた。二人ともこの勝負に向けて相当の鍛錬を積んできていることは明白で、ただの腕相撲とは言えないほど空気が張り詰めている。

お調子者の佐久間がレフリー役を買って出て、二人の手を組ませた。だが、双方肘の位置が決まらずに、なかなか勝負が始まらない。前田が一度手を放し、勝負は振り出しに戻る。顔を紅潮させている前田がワイシャツを脱ぐと、鍛え抜かれた筋肉の鎧が現れた。門脇もシャツを脱ぎ捨て、贅肉に覆われてこそいるが、こちらも堂々たる肉体がむき出しになる。

真剣勝負を観戦しているユリカ、新垣、本山から声援が飛ぶ。乙矢は少し離れた位置から涼し気な眼差しを送っている。

両者が向き合い、佐久間が手を合わせた。今度は肘の位置がぴたりと決まった。

「レディー　ゴー！」

掛け声とともに二人の腕が激しく軋んだ。

五分にも及ぶ勝負の末に勝ち名乗りを上げたのは門脇だった。前田は本気で悔しがり、唇を噛んで一人ベッドの縁に腰を下ろした。両者とも肘からは血が滲み、壮絶な戦いを物語っている。佐久間が門脇の手を掲げると、門脇はひとつ咆哮《ほうこう》した。

僕たち観客は勝負の行方に熱中していたが、この後の展開は読めなかった。困り顔の乙矢が口を開く。

「今日は楽しい忘年会なんですけどね」

ユリカが吹き出し、それにつられてみな笑い出した。前田が立ち上がり、門脇と硬く抱き合った。


テーブルの上にコカインのラインが引かれ、色とりどりのエクスタシーの錠剤が散らばり、マリファナのパイプが置かれている。本山が持ってきたスピーカーからトランスが流れ、この部屋は、東京の夜景を見下ろすクラブの一室に様変わりした。

ベッドの縁に新垣と、彼氏の本山が座っていたので話をしにいった。世間では新垣に彼氏はいないことになっているが、業界内では本山の存在は公然の秘密だった。

本山は他の環状連合OBと比べ、危険な香りがほとんどしない。詐欺や闇金、ドラッグ売買、投資などをシノギにしている他のメンバーとは違い、健全なアパレル会社を経営していた。本山の父親は一部上場の食品加工会社の社長で、本山はいわばボンボンだった。地元の渋谷で遊んでいるうちに乙矢や門脇と仲良くなったが、あくまで友達として付き合っているだけでビジネスをしたことはないという。

「本山さん、調子はどうですか」

コカイン、アルコール、エクスタシー、マリファナの酔いがミックスした僕の頭はすでに意識を超越した感覚で動いている。それは本山も同様で、緩んだ表情で笑い返してきた。

「最高だよー。真、イェーイ！」

僕も歓声を上げ、手にしていたビールの缶をぶつけた。

「優ちゃんは楽しんでる？」

僕が問いかけると、神妙そうに俯いていた新垣が顔を上げた。かと思うと、突然涙を流し始めた。慌てて本山がフォローをする。その姿を見てユリカも駆けつけてきた。新垣に声をかけると、新垣は力いっぱいの笑顔を見せた。

「みんな、ありがとう。悲しいんじゃないの。みんながいるのが嬉しくて泣いちゃった」

新垣の笑顔に涙の筋が流れた。

「私、島から出てきて全然友達できなかったけど、みんなに会えてよかった。友達になれたのみんなだけだよ。これからもずっと友達でいてね」

本心からの言葉が胸に沁みた。本山やユリカも泣き出しそうになっている。真由美との一件で冷め切った心に暖かい感情が広がるのが分かった。

その後、部屋を見回すと、一人で椅子に座り、ビールを飲んでいる前田の姿が目に入った。新しいビールを持って前田のところに向かう。

「まだありますか」

差し出すと、前田は手にしていたビールを振った。

「もらうわ」

今あるものを飲み干して、新しいビールを受け取った。隣に座って缶をぶつける。前田は口数が少なかった。先程の門脇との勝負が尾を引いているのかと思ったが、そういうわけでもなさそうだ。さっき門脇や佐久間とは肩を組んで楽しげに身体を揺すっていた。

前田は窓ガラスのほうに目をやっていた。そこには一人で立ち、窓の外を眺める乙矢の姿がある。シャンパングラスを手にした乙矢は遠くを眺めていた。その姿があまりに様になっていたので、少し滑稽に見えてしまい、僕は小さく笑った。前田は僕に視線を戻した。

「お前のオヤジ、死んだんだっけ」

忘年会に似つかわしくない話題だったが、僕は嬉しかった。前田がきちんと話そうとしてくれている。

「はい、中学生のときに過労で」

「面接のときに聞いたな」

前田は覚えてくれていた。

「あの話があったから、お前を採ったのかもしれねえな」

前田はしみじみと言った。面接で父の話をしたとき、前田の雰囲気が変わったことを覚えている。テーブルに視線を落とし、その後で堀の、こいつを採っていいなという言葉に頷いたのだ。

「前田さんのところは？」

「俺か」

前田は苦笑した。自分から聞いてほしいと思ったみたいだなと自嘲したようだ。

「うちは自殺だ。詐欺に引っかかってな」

それ以上は語らなかった。だが、僕はいつも強面《こわもて》で誰に対しても引くことのない前田に初めて人間らしい弱さを見た。時間が流れた。居心地は悪くない。それは前田も同じようだった。酩酊と音楽に身を委ねていた。

ポケットの中でスマホが震え、取り出すと母からの着信だった。時刻は二十四時近くになっている。今頃、母は家で夏樹と二人で過ごしているはずだ。

「出ろよ」

僕はスマホをポケットにしまった。こんな状況で出られる電話ではない。

僕は立ち上がり、窓際に佇んでいる乙矢のもとに向かった。時折、誰かが話しかけにいき、それに応えはするものの、そこが乙矢の定位置だった。

「なに見てるんですか」

僕の問いかけに乙矢は顔を動かさなかった。

「私はこの夜景が好きなんです」

「綺麗ですね」

「人の血を吸って輝いているようです」

自分に近い見方だと思った。

「私はこの光景しか信じられません。見えるのはビルの明かりだけです」

その言葉には乙矢の内面が投影されている気がした。

「あれを輝かせたいんですか」

「ええ」

「どうすればビルは光り続けますか」

僕の問いに乙矢はつぶやきを漏らした。

「さしあたっては金ですね」

自ら口にした現実に失望する響きだった。それを聞いて僕は、この人を退屈させてはいけないと思った。この人は部屋の中ではなく、ずっと外を見ている。部屋の中に興味を引くものがないのかもしれないが、どうにかして目を向けてもらうことはできないのか。まずは〝さしあたり〟の期待に応えることだろう。

逡巡《しゅんじゅん》が頭をよぎる。これ以上深みに入っていいのか。真由美や広志の顔が浮かび、あんな世界のほうが嫌だと思った。僕は乙矢に顔を向けた。

「もっと僕に仕事をくれませんか」

乙矢は無言のまま外を見ている。僕もまたその視線の先に目をやった。大都会のビル群は生々しい吐息《といき》を吐き出しながら蠕動《ぜんどう》するように輝いていた。

詐欺師

1

久し振りの休日を実家で過ごしていた。大学二年生になった夏樹も家にいて、家族みんなが揃う休日は数ヶ月振りだ。居間でコーヒーを飲みながらテレビを見ていると、未公開株詐欺の特集番組が始まった。被害者の老人が、わずかな蓄えを巻き上げられてこれからどうやって生きていけばいいか分からないと切実そうに訴えている。夏樹がコーヒーカップを口に運びながら言う。

「最近こんなニュースばっかりだね」

被害者と年齢が近い母は感情移入したのか、こういう事件はよくないねと顔を曇らせている。次にこの番組は、数年前まで詐欺を行っていたという加害者側のインタビューを流し始めた。首から下を撮影し声色を変えているものだ。その人物は、世の中で信じられるのは金だけですよ。詐欺っていってもゲームみたいな感覚でやっていましたねと自慢気に語っていて、その稚拙な語り口が癪《しゃく》に障る。

夏樹は母に、お母さんも気をつけてよねと忠告している。

「特殊詐欺ってすごく巧妙になってるみたいだよ。同級生の親のところにも電話がかかってきたみたい」

「大丈夫、気をつけてるから」

「その大丈夫ってのがいけないみたいよ。いきなり事故に遭ったとか、会社の金に手を付けちゃったとか言われてパニックになって払っちゃうみたいだから」

「はいはい」

「はいはいじゃないよ。詐欺師はハイエナみたいなのばっかりだから気をつけてよ。ねえ、お兄ちゃんからも言ってあげて」

　夏樹の言葉に僕は答えた。

「でも、この詐欺っていうのも、よくよく考えると今の日本を象徴してるよね」

「どういうこと？」

　夏樹が眉を顰める。

「だいたい騙されるのって高齢者でしょ。今の日本で経済が回っていないのって一部の金持ちと、高齢者が金を溜め込んでるからだって言うじゃない？　本来回るべきお金が回ってないから貧血みたいになってるのが今の日本。だったら詐欺っていうのも、そういう市場に出なかったお金を世の中に出すことになるし、どうせ騙してる連中は若いやつらで、あぶく銭なんかキャバクラとか遊びとかにパーッと使っちゃうんだから、案外それはそれで経済を回しているのかもしれないよ」

「経済とかそういう話じゃないでしょ。犯罪でしょ」

「犯罪って言えばそうだけど、死に金を溜め込んで経済を停滞させてるのも良くないと思うな」

「お兄ちゃん、詐欺をしてもいいっていうの？　お母さんが騙されても」

「いいとは思わないけど、今までの日本の考えが甘過ぎたんだよ」

夏樹は首を傾げ、僕を奇異の目で見た。

「なんかよく分からないけど、お兄ちゃん間違ってると思う」

母が僕を嗜《たしな》めるように言った。

「私は難しいことは分からないけど、そんなこと言うもんじゃないよ」

僕は世の中の真実を語っただけだが、伝わらないのは仕方がない。これ以上話してもいいことはなさそうなので、話題を変えることにした。

「そんなことより夏樹、大学はどうなんだよ。しっかり行ってるのか」

「はいはい、お兄様に学費を出していただいていますから、真面目に通わせていただいています」

「ムカつく」

「私だってムカつきます」

僕たちが言い合っていると母が笑い出した。

「あなたたちはいつまでも子どもねえ」

子どもだもんと夏樹が言い、僕も頷いた。

「真は仕事はどうなの？　忙しいみたいだけど」

「うまくいってるよ。社員もまた増やしたしね」

今は三人の社員と四人のバイトを使っている。ロンダリングには波があるが、順調に興業の仕事が入ってくるようになった。このまま順調に伸びていけば生業に専念し、ロンダリング会社を別に作ることも考えている。

「仕事をがんばるのはいいけど、あまり無理はしないようにね」

僕は生返事をした。

2

エスコーポレーションに向かう前に、渋谷のマンションに足を伸ばした。三階の角部屋のドアを開けると、雑然とした無数の会話が聞こえてくる。部屋の中央にはホワイトボードが置かれ、人名や略歴、家族構成、注意点などが書かれている。声が混ざるのを防ぐために役者はホワイトボードの左右に分かれ、互いに背を向けて話している。

ホワイトボードに目をやると、松井という名前の下に「ＡＰ」と記されていた。電話番号が変わったというアポイントを取り付けた印だ。その隣に「S」と記されていたので、成約の確率は高いだろう。

入室した僕を見て、電話をかけていた三人が会釈をした。だが、口は動いたままだ。電話をかけずに漫画を読んでいた役者は僕の姿を見てバツが悪そうに頭を下げた。

「調子はどうだ?」

「それなりにいいっす」

「昨日は?」

「二百を一本」

「上出来だ」

僕は詐欺グループの役者たちを満足気に見回した。

グランドハイアットの忘年会で乙矢に、他の仕事をしたいと直訴してから一年半が経っていた。すでにその頃前田は詐欺のシノギを手がけていたが、僕もそれを手伝うことになった。

詐欺の世界は移り変わりが早い。少し前まで流行していたことがあっという間に廃れたかと思うと、時期をおいてまた復活してきたりする。要は、いかに時代の流れをつかむかと、極限まで身を隠して逮捕されないようにするかが肝だ。

振り込み詐欺、未公開株詐欺、社債詐欺、架空請求、投資詐欺、還付金詐欺など、僕と前田はさまざまな詐欺を同時並行で行った。グループを五、六人程度に分け、それぞれに責任者としての店長を置き、詐欺を仕切らせる。新しい詐欺を開発すれば、そこにグループを総動員させ、警察や銀行が対処する前に荒稼ぎをする。

数年前はそれこそぼろ儲けだったようだが、最近は警察や銀行側の監視が厳しく、昔ほどは稼げなくなった。それでも裏社会で手っ取り早く金を作るためには詐欺しかないというのは常識になっていた。

今日、顔を出したグループは松井という役者に仕切らせている。僕は三つのグループを持っているが、その中でも最も調子がよく、毎月コンスタントに三千万円近い売上をたたき出している。

振り込め詐欺とはいっても、最近はマスコミで報道されたことで警戒されることが多くなり、バイク便や知人を装ってターゲットの家に受け取りにいく手法に切り替えている。取り分は、乙矢が三割、電話をかける役者が三割、一割が金を受け取りにいく受け子、五パーセントがその金を集金し指定場所に運ぶ運搬、残った中から家賃、光熱費、電話代、飛ばしやレンタル携帯の代金、振込み用の板、名簿などの経費を差っ引いた額が僕に残る。三つの詐欺グループの管理をしているだけで月に三百万以上の収入があった。

電話を終えた松井が僕のところにやってきた。二十二歳になったばかりだが、高校中退後、すぐに特殊詐欺の世界に入り、役者を続けてきた。誰よりも口がうまく、その上、仲間を仕切ることにも長けている。中肉中背で黒い短髪に白い肌という風貌は渋谷の街を歩いている若者と見分けがつかない。

「マナブさん、お疲れさまです」

詐欺グループには偽名で通している。

「調子いいみたいだな。昨日の成約はお前か」

「はい。今の電話もよさそうです」

「徹底的に搾り取れよ」

明るい表情で答えて、松井は自分の持ち場に戻った。

この場にいる役者は、前田から紹介された者だけではなく、ダークウェブやＳＮＳ上の募集を見てやってきた者もいる。非合法ビジネスを扱うダークウェブの掲示板やＳＮＳに「役者募集　経験者優遇」などと書き、秘匿性の高い通話アプリのＩＤを載せておけば連絡がある。

胡散臭いやつらばかりだが彼らに共通しているのは、人生に目標を持っていないことだ。だからボロい詐欺の商売に首を突っ込んでくる。

育て方のコツは叩くのではなく、伸ばすことだ。叩けばそれだけで拗《す》ねるし、恨みに思い、事件のことを密告するかもしれない。大人数の出入りがあると近隣住民に怪しまれるため、二ヶ月ほどの期間中、役者たちは仕事部屋とは別の部屋に寝泊まりをして〝潜る〟ことになる。個人で使っている携帯電話を預かり、管理者の松井以外はほとんど軟禁のような生活を送る。

次の電話をかけた松井だが、今回はすぐに怪しまれたようで、間違い電話だということにして電話を切った。ちょうど昼時だったので松井を誘って昼食に行くことにした。がんばれよと役者たちに声をかけると、みなスマホを耳に貼り付けたまま、小さく会釈をした。

近所の定食屋で注文したものを待っている間、松井に尋ねた。

「仕事は楽しいか」

「楽しいです」

屈託のない笑顔で答える。僕は犯罪であるということを自覚しているし、仮に自分が逮捕されれば十年以上の懲役を食らうことを覚悟している。だが、松井たちの世代になると、そんな意識すらなく、いくら稼げるかということしか頭にないやつも多い。わずか四、五歳しか変わらないのに、まったく別の世代と話している心境だ。

「この間、使った話なんですけど」

松井は周囲を気にしながら、詐欺事件の捜査をしている警官を騙《かた》ったシナリオを話し出した。話のネタは僕が考えたものがマニュアルとして用意されているが、それをみなアレンジして営業に活かしている。松井はそれだけでは飽き足らず、独自の会話を研究しているのだった。

「これ、うまくいきました。もう少し煮詰めてみんなにもやってもらおうと思ってます」

ゲームの攻略法を見付けたときのような口ぶりが気になる。今のところはこれでいいが、僕は時期を見て松井に詐欺を辞めさせ、エスコーポレーションを仕切らせようと思っていた。エスコーポレーションの社員は優秀だが、会社に裏の顔があることを知らない。松井ならば彼らと協調した上で、ロンダリングの仕事も切り盛りしていくことができるだろう。松井は僕にとって初めてできた純粋な後輩だった。

運ばれてきた料理を松井は食べ始めた。見た目や話し方と同様に食べ方もおとなしい。こんな人間が老人の金を騙し取っていることを考えると、つくづく詐欺というのは現代社会の縮図だと思う。

騙される人間の中には、老後の生活資金を奪われ、自殺に追い込まれる人もいるだろうし、家族間がぎくしゃくし、離婚、果ては一家離散という目に遭う人もいるだろう。そこに罪悪感を覚えないわけではないが、自分のことのように感じることはできないのだ。

テレビのニュースで海外の誰それが死んだと聞いても胸が痛まないように、電話の向こうにいる老人など知ったことではない。おそらく僕は自分の母親が騙されるときまで自分がなにをしているのか気付くことはないだろう。

食事を終えると松井は大きく伸びをした。

「さーて、午後の仕事もがんばりますか」

デスクワーカーのように言った。

3

ファミレスのテーブルで乙矢に、分厚い封筒を差し出した。中には先週分の約二百万円の上納金が入っている。先週は調子が良くいつもの倍額渡すことができたが、乙矢は表情をほとんど変えないまま、お疲れ様ですと言い、スーツの胸ポケットに封筒をしまった。

乙矢になにか食べませんかと促されたので、先程松井と飯を食って腹は膨れていたもののサンドウィッチを注文した。運ばれてきたものを食べていると、乙矢が独り言のように言う。

「最近の詐欺は薄くなりましたね」

「薄い、ですか」

「昔の投資詐欺や取り込み詐欺はもっと人間臭かったんですよ。今は人間関係が希薄になったように詐欺も薄くなりました。実際に会わないまま数百万円とられるなんて普通ではありませんね」

自分がやらせておきながらとんだ言い草だが、乙矢の過去が気になった。

「昔って乙矢さんも詐欺をやっていたんですか」

「二十歳の頃にね」

「それって早いですよね」

「そうですか。そんなものですよ」

僕は切り口を変えた。

「前から気になっていたんですが、環状連合って本山さんとかボンボンが多いじゃないですか、乙矢さんの家も金持ちなんですか」

「ごく普通の家ですよ」

「お父さんの仕事は？」

「サラリーマン」

「お母さんは？」

「専業主婦です」

「兄弟は？」

「兄が一人います」

いたって普通の家庭環境は意外だった。

「拍子抜けしましたか」

「正直、もっと普通じゃないと思っていました」

「よく言われますよ」

乙矢はそう言った後、口をつぐんだ。このまま会話は終わりそうだったが、口火を切った以上もう少し乙矢の実像に迫りたかった。

「家族とは仲いいんですか」

「もう何年も会っていません」

「なぜとかって聞いていいですか」

僕の問いに乙矢は、左手の爪を右手親指の腹でこすった。不愉快なときに見せる仕草だ。

「あいつら気持ち悪いんだよ」

ふいにこぼれた生々しい言葉に息が止まる。

「オヤジも兄貴も気持ち悪いんですが、母親が一番ひどいんです」

「どういうふうに？」

「小学校のときの話になりますが、私は子猫を拾ってきましてね。母は反対したんですがなんとか押し切ったんです。だけど、その後、猫はすぐに死んでしまいました」

「病気、ですか？」

「いいえ、母が溺死させたんです」

僕は目を見開いた。

「その日、猫に早く会いたくて学校を早退して家に帰ったんです。家の鍵を開けようとしたとき、浴室のほうから猫の鳴き声が聞こえました。不思議に思って庭に回ってみると、浴室の窓が少し開いていましてね、そこから覗くと、浴室に浮かぶ子猫の死体と、それを不気味な目で見詰めている母の姿があったんです」

「声をかけたんですか」

「かけられませんよ。外で時間をつぶしていつもの時刻に帰ると、母は、猫が衰弱死したと報告したんです。身体はドライヤーで乾かしたんでしょうね、濡れてもいませんでした」

僕が絶句していると、乙矢は会話を打ち切った。

「そんな気持ち悪い家です」

乙矢が伝票を持って立ち上がる。先に出ていますと言って、僕の服装に目をやった。

「随分洒落《しやれ》てきましたね」

金回りが良くなり、スーツ、靴、財布などは一流のものを身につけている。

「乙矢さんのおかげです」

「金を手にして、なにか変わりましたか」

「最初は嬉しかったです。でも、最近はあまり」

はじめは百万円の束を手にするたびに高揚感を覚えた。これで自分は父親のように安い給料でこき使われるのではなく、住みたいところに住み、食べたいものを食べ、いい女と付き合い、好きなときに旅行できると思った。だが、物欲が乏しかったことに加え、大金が継続的に入ってくるシステムが確立されると、金がチケットにしか見えなくなることがあった。

「時計は買い換えないんですか」

乙矢は、僕の腕に目を向けた。

「これは死んだ父からもらったものなんです」

詐欺のシノギを始めるまでは僕が身につけている中で最も高価なものだったが、今ではスーツと靴、カバンなどと比べると、一ランク下に位置するものになった。だが、時計を買い換えるつもりはない。

「それは簡単には変えられませんね」

乙矢はぽつりと言って、ファミレスを出ていった。

4

ＡＱＵＡのテンキーに数字を打ち込み、指をかざすとドアが開いた。この一年半ですっかり常連になっている。

店内には、前田、門脇、佐久間――三人は同じテーブルを囲んでいる。挨拶をして同席すると門脇がからかうように言った。

「今、お前の話をしてたんだ。えらく稼いでるみたいだってな」

「そんなことないですよ。キツいです」

僕は顔をしかめた。前田が言葉をかぶせてくる。

「いいシノギあったら回してくれよ。俺たちはあぶれてしょうがねえって言ってたんだ」

なあ、と佐久間に話を振ると、佐久間は弱り顔で頷いた。

「本当だよー。俺なんかついにダース奪われちまった」

佐久間がプロデュースしていたアイドルグループダースは人気がうなぎ上りになったのはいいが、完全に安食《あじき》組が仕切るようになっていた。最近は酒を飲んでも、ほどほどに有名なぐらいでよかったのによぉと愚痴ばかりこぼしている。しかし、同情はしない。結局のところ、自分のメシの種を明かしたからやられたのだ。

僕が詐欺をやっていることは、門脇も佐久間も知らない。金を持っていることが分かれば、いつそれを狙ってタタキが入るか分からない。そしてその犯人の仮面を取ってみれば身内だったという話は珍しくないのだ。前田ともこういう場所では互いに知らないこととして振る舞うことになっている。門脇は坊主頭をてのひらで撫でた。

「今はみんなキツい時期だからな。協力して乗り切っていこうぜ」

その顔は最初に会ったときと比べると、目がパッチリとしている。前田とこの間噂し合ったが、門脇はその醜い姿を修正すべく整形にハマっているらしい。協力してなどとは言うものの、いいシノギを見付けて整形費用に充《あ》てたいだけだろう。

「お前も順調なときほど注意しておけよ。誰が敵か分からない時代だからな」

忠告しているようではあるが、その目の奥には暗い影がある。どれだけ整形しても目の奥の光にまでは手を入れられないようだ。

「気にしてもらってありがとうございます。でも、貧乏だから誰も狙いませんよ」

「とにかく目立たないようにすることだ。何をやっているかは知らないがな」

「隠れるのだけは得意なんですよ、俺」

「中には尻尾をつかむのが得意なやつもいるからな、困ったら言えよ」

「そのときはすぐに相談します」

面倒なやり取りを続けていると、佐久間が首を突っ込んできた。

「真、マジで大事だぜ。これ知ってるか？　キジも鳴かずば撃たれまいってな」

すぐに門脇から突っ込みが飛ぶ。

「お前は鳴いたから撃たれたんだろ」

佐久間は、よろよろと頭を垂れた。


適当に切り上げて前田の家に向かう。今日はＡＱＵＡで落ち合い、ミーティングをする予定になっていた。門脇と佐久間がいたことで帰りが遅くなった。

前田の家は渋谷の外れにある。一応オートロックのマンションなのだが、築年数は古い。僕より稼いでいるのだから引っ越せばいいと思うのだが、あまりいいところに行くと落ち着かないと言って前田はここから離れない。人生は金だ女だと言いながら庶民感覚が抜けていない。

家に上がると、部屋の隅にはボストンバッグが無造作に置かれている。完全にしまっていないジッパーからは百万円の束が頭を覗かせていた。

「あいかわらず不用心ですね」

僕が呆れたように言うと、前田はあっけらかんと言った。

「ここを知ってるのは、お前と乙矢さんだけだ」

前田は日本酒の一升瓶とコップを直接フローリングの床に置いた。前田の部屋はいかにも殺風景で生活を豊かにするものはほとんどない。ロボットアニメのフィギュアで埋め尽くされている佐久間の部屋とは正反対だ。

ＡＱＵＡでかなり飲んでいたが、僕と前田は日本酒を呷《あお》っていった。飲みながら情報交換をすると、前田は眉を顰《ひそ》めた。

「最近は口座が止まるのが早くなったな」

眉間には深い皺が刻まれている。エスコーポレーションの面接を受けたときと比べて、その溝はずいぶん深くなった。最近は、怪しい使われ方をすると銀行口座は数回の入金で止められるようになった。

「銀行も必死ってことでしょう」

「出し子や受け子の一発実刑も増えてきたし、楽じゃなくなってきたな」

「社会問題化していますからね。なんとかかいくぐっていくしかないです」

そうだなと言って前田はグラスを傾けた。

「あと、お前は松井ってやつをかわいがってるようだが、俺は好きになれねえな」

「前田さんとは合わないかもしれませんね」

「つかみどころがないんだよ。ああいうのは」

前田はそう言った後、突然声色を落とした。

「真さあ、お前この仕事どう思う」

「どうってどういうことですか」

前田はいつになく酔っていた。

「詐欺だよ、詐欺。この仕事っていいと思うか」

「いいも悪いもないじゃないですか。稼ぐだけですよ」

「お前、変わったな」

ギクリとした。

「この間まで童顔の学生だと思ってたんだがな」

「僕たちは弱肉強食でやってるだけでしょう」

「俺たちはそう考えるようになる。騙されるほうが悪いんだとな」

僕が口をつぐむと前田は神妙そうに話し出した。

「俺のオヤジは取り込み詐欺に引っかかって全財産を失った。挙げ句が自殺だ。俺はオヤジのことを馬鹿だと思うのと同時に、オヤジを殺し、俺の家族をぐちゃぐちゃにした詐欺を憎んでいた。だが、今じゃ、それを自分でやっている」

常識的に考えれば老人から金をむしり取る詐欺がいいはずはない。それをごまかすために無知が悪いとか経済問題などのへ理屈をこねくり回しているのだが、前田はそのバリアを壊そうとしている。時としてそれが致命傷になることを僕は知っていた。

「前田さんはその仕事で最終的になにを得たいんですか」

話題を変えた。前田は首尾《しゅび》よく乗ってきた。

「俺はそうだな、欲しいと思うものを手に入れたい」

「たとえば？」

「なんでもだ。金、女、車、時計、そういうもんだな。お前は？」

どろりと濁った白目で前田は尋ねた。本当は分かっていたが、僕は分からないと答えた。その気持ちを探り当てたように前田が口角を上げる。

「俺が当ててやるよ。お前は乙矢さんに褒められたいんだよ」

「やめてくださいよ」

僕は金銭欲も物欲も人に比べたら落ちるほうだと思う。だけど、乙矢が褒めてくれると心から嬉しく感じる。詐欺の金を運んでもオモチャの紙切れを扱うようにしか受け取ってくれないが、いつかよくやったと褒めてもらいたかった。前田は、僕の沈黙を答えとして受け取ったようだった。

「なんでも乙矢乙矢ってバカバカしくなっちまった」

そう言って思いついたように顔を上げる。

「そういやあの人、こんなこと言ってたな。裏社会でのし上がるには、欲望に忠実であるか、それともまったく手放すかのどちらかだってな。中途半端なやつは自分自身の欲か、他人の欲に食いつぶされちまう」

「そういう意味では前田さんと僕は対照的ですね」

前田はまんざらでもなさそうに頷いた。

「そうだな、相棒、まあ、これからもよろしく頼むよ」

5

キャバクラのテーブルには、空になったドンペリの瓶とフルーツの盛り合わせが所狭しと並べられている。泥酔した役者がキャバ嬢に、もう一本入れっかと声を上げると、キャバ嬢から歓声が上がった。運ばれてきたドンペリをラッパ飲みすると、また歓声だ。

役者たちは二十歳そこそこにも関わらず、老人を騙し、月に百万近くを懐に入れている。その金がドンペリに変わり、ぼったくりのドンペリの稼ぎが、こちらも二十歳そこそこのキャバ嬢のブランド物のバッグに変わる。

今回の仕事は一段落し、小休止を挟んだ後、使えるメンバーを選抜して次の山に取り掛かる。今日は充分な成果があったことを祝う打ち上げの場だ。

「マナブさん、最高っすね」

話しかけてきたのはSNSの募集に食いついてきた新人の役者だ。運送屋のバイトに見切りを付けて一発逆転するために応募してきた。

「俺、彼女にねだられてティファニーのネックレス買っちゃいましたよ。これもマナブさんのおかげです。あざーっす」

「もっと稼いでヴィトンのバッグでも買ってやれ」

僕が酒を注ぐと、うまそうに一気に飲み干し、隣のキャバ嬢に抱きついた。もう自分の彼女は頭の中から消えてしまったらしい。こいつに次はない。ヤダーという嬌声が聞こえると、別の役者がキャバ嬢の胸をまさぐっている。こいつもダメだ。

僕の両隣に座るキャバ嬢はもう話しかけてこない。先程から無視していると、取り入るのを諦めてくれたらしい。

「全然飲んでないじゃないっすか」

グラスを持った松井が僕の前に来た。キャバ嬢をどかして隣に座る。

この場で僕は役者たちを観察している。緊張を強いられるシノギを終えた打ち上げで気が緩み、自らの首を絞める失言をする者は少なくない。そういう人間は排除しなければならない。

「お前は飲んでるのか?」

「こういう場所、好きじゃないんですよね」

松井は周囲のキャバ嬢を気遣うことなく言った。その表情はいつもと変わらず、仕事が落ち着いたとか女がいるとかいうことでうわつくことはない。前田は好きになれないと言っていたが、僕は松井のこういうところが気に入っていた。

「お前も若いんだから女と話したほうがいいんじゃないか」

「キャバで働いてる女なんてクソでしょ」

さすがにキャバ嬢はむっとした表情を見せたが、口出しはできない。

「そのクソ相手にはしゃいでる同僚はなんなんだ？」

「クソの周りを飛び交う蠅でしょうね」

おい、と言って松井の目を見つめた。

「お前に新しい仕事をしてもらおうと思ってるんだ」

「なんですか」

「俺がやっているイベント会社の仕切りだが、やる気はあるか？」

そうですねと松井は首を傾げた。

「マナブさんが言うならやりますよ」

「そうじゃなくて、お前がやりたいかだ」

「正直、俺は分からないんですよ」

松井は少し困った顔をした。

「俺もそうだし、一緒に働いてるこいつらもそうなんですけど、やりたいことなんてなにもないんですよ。金が儲かって、ある程度楽できればいいかな、って感じです」

それが松井の世代の実感なのだろう。それでもいいと僕は言った。

「しっかり稼がせてやるから考えておけよ」

役者の連中は遅くまで飲みたい様子だったので、ここまでの分をチェックして帰ることにした。店長が運んできた伝票には七十六万とあった。スーツの内ポケットに放り込んである百万の束を渡す。

「足りない分はやつらに払わせてください」

店長は献上品であるかのように恭《うやうや》しく受け取った。二時間飲んで七十六万。こうして老人の金が解けていく。最低のギャグだと思い、席を立った。

6

ここは前田の部屋より殺風景だ。床には読みかけの雑誌と文庫本が置かれているだけで他にはなにもない。しかし、物こそ少ないが、六畳の空間に僕を入れて四人の男というのは詰め込みすぎだ。

僕は警察署の留置場にいた。

刑事がマンションを訪れたのは昨日の朝のことだった。オートロック式の部屋なのにドアのチャイムが鳴ったことを訝しく思った僕は、足音を殺して、覗き穴から外を見た。そこにスーツ姿の男たちが並んでいるのを見て、自分の心音が聞こえるほど心臓が弾んだ。

チャイムが連打され、外から僕を呼ぶ声がした。張り込みをしていたのか、僕が中にいることを確信した響きだ。僕はこの部屋に証拠になるものがないことを確認してからドアを開けた。三白眼の刑事が突き付けた逮捕状の罪状の欄には「詐欺」と記されていた。

パトカーで移送される間、乙矢の顧問弁護士でもある刑法のエキスパート酒井弁護士の手配を頼んだ。酒井は出張中らしく翌日駆けつけてきてくれるという。

「なあ、兄ちゃん、黙ってないで少しは話そうぜ」

房の床に寝そべっていた角刈りの男が話しかけてきた。幸か不幸か僕の周りには逮捕経験者が多く、いざというときのために留置所での過ごし方や取り調べのノウハウなどを聞いていた。だが、実際にこの狭い空間に押し込められてみると、気持ちにゆとりを持つことなどできず、角刈りの男の言葉に応じられなかった。

頭にさまざまな懸念が浮かび上がる。刑事はどこまで僕のことを知っているのだろうか。僕だけではなく前田や乙矢にまで逮捕状が出ているのだろうか。母親はすでに逮捕されていることを知っているのだろうか。エスコーポレーションや詐欺のチームはどう動いているのだろうか。

「へへへ、兄ちゃん、パクられるの初めてだろう」

角刈りの男は目の前に回り込んできた。

「だからそんなにビビってんだ」

男は僕を笑い者にするように言う。その声に反応して、同房にいる残りの二人も僕の側に寄ってきた。一人は冴えない中年男性、もう一人は日本人ではなく中国人らしかった。中年男性が尋ねる。

「なにして入ってきたの？」

「いちおう詐欺です」

「詐欺っていってもいろいろあるよね。どんな詐欺なの？」

見た目は普通だが、押し出しの強さがある。

「いや、それは……」

少し離れた位置には留置担当官が立っている。警察がどこまで事件をつかんでいるか分からない以上、むやみに話すべきではない。中国人らしき男も片言の日本語が話せるようで、三人から質問を浴びせられたが、僕は核心を避け続けた。

その後、担当官が僕を二十五番という番号で呼び、弁護士の到着を告げた。

面会室でチョビ髭の酒井弁護士と向き合うと、細かい震えが込み上げてきた。担当官が退室し、面会室に二人になると、酒井は陽気な声で言った。

「お久しぶりですね。こんな会い方をするとは思いませんでしたよ」

乙矢とともに何度か会ったことはあるが、もちろんアクリル板の仕切りなどなかった。この一枚の板が僕を恐ろしく遠いところに隔離してしまったようだ。

「少しお疲れのようですね。拘留されたのは昨日でしたか」

「はい」

「こういう場所ではなによりも体力が一番大事です。まずはご飯をたくさん食べること、そしてしっかり寝ることです。って、学校の先生みたいでイヤですかね」

乾いた声で酒井は笑った。僕もそれにつられて少し笑う。

酒井は、笑顔から一転して真顔になった。

「乙矢さんから事情はうかがっています。私にはすべて話していただいて構いません」

安心感のある声にわずかに緊張が緩む。

「逮捕されたとき、刑事は具体的な罪状を読み上げませんでしたか」

「昔、詐欺用の口座をネットで知り合った男に作らせたことがあったんです。名前はうろ覚えなんですが、その件で逮捕状が出ていたと思います」

気が動転していたが、それだけは覚えていた。

「罪状はあくまで詐欺になっていたんですね」

「そうです。だからその件だけではなくて振り込めのほうのネタも挙がっているんじゃないかと思って……」

「現段階ではそれは心配いらないでしょう。逮捕状にあるものがすべてです。他人名義の口座を作れば、それは自分で使うためのものを作ったわけではないとして、詐欺で立件されます。今回はその共同正犯《きょうどうせいはん》としての逮捕状でしょう」

「他の件はどうなるのですか」

口座の件だけなら執行猶予は確実だが、詐欺までめくれれば懲役十年は堅い。

「今のところは分かりませんが、おそらく情報はつかんでいないと思います」

酒井は基本的なアドバイスをしましょうと告げた。

「これからあなたは取り調べを受けることになりますが、その際に厳禁な言葉があります。それがなにか分かりますか」

「分かりません」

「それは正直、という言葉です。取り調べにおいて刑事はさまざまな揺さぶりをかけてきます。そんな悪辣《あくらつ》な相手に正直な気持ちで向かうことはありません。ただし、嘘を重ねれば、あとで矛盾をつかれ、苦しむことになります。取り調べは刑事との騙し合いの場です。向こうはすべての証拠をつかんでいるんだという姿勢でやってくるでしょうが、強気であればあるほど証拠が乏しいことが多いです。だから自供を取り、それを証拠に起訴まで持っていこうとするのですね。ですから、あなたが行うことは刑事がどこまで情報を握っているのかを冷静に見定め、必要最低限のことを話すことです。決して自分から余計な話をしてはいけません」

弁護士の言葉だけに説得力がある。

「正直が毒であるのとは逆に、とても大切な言葉があります。それはズルいという言葉です。いいですね」

僕は少し落ち着いてきた。酒井の言葉に頷いた。

「では、おさらいしましょう。いけないのはなんですか」

「正直」

「大切なのは?」

「ズルいこと」

酒井は満足そうな笑みを見せた。

「上出来です。頭が混乱したときはこれだけを思い出してください。正直はダメ、ズルいのが良い。分かりましたか」

僕が頷くと、酒井は質問を続ける。

「ひとつお尋ねします。証拠となるようなものはマンションの部屋やご実家には置いていませんか」

頭を巡らせたが、乙矢の知り合いの不動産業者に頼んで他人名義で借りた部屋に、現金や証拠品となるものは日頃から避難させてある。近辺を洗っても証拠は出てこないはずだ。それを聞くと酒井は安堵の表情を浮かべた。

「だとすれば、充分戦うことができそうです。今回の逮捕状は振り込め詐欺で使った口座が凍結された際、その名義人である男を捕まえたことから出たものでしょう。あなたはその口座を作った男に自分の個人情報を伝えましたか」

「一年以上前のことなのではっきり覚えていませんが、伝えていないと思います」

「どこからあなたの情報を仕入れたのかは分かりませんが、とにかく男は逮捕時にあなたに指示されたことを白状した。警察はあなたのことを調べ、詐欺に深く関わっていそうだと当たりをつけた。それで逮捕に踏み切ったのでしょうが、その男とやり取りしたメールなどは残っていますか」

「私の手元にはありません。そもそもフリーメールで作ったものです」

「向こうにはあるのでしょう。警察はそれを証拠として提出したのでしょうが、あなたの名前が記されていない以上、フリーメールは物証にはなりません。メールに指紋がついていれば別ですけどね」

　このユーモアには引きつり笑いで返した。

「とにかく口を割らないことです。そうすれば私が不起訴に持っていきます」

　力強い言葉に希望が漲《みなぎ》ってきた。よろしくお願いしますと頭を下げる。

「乙矢さんはなんと言っていますか」

「心配するな、と」

なによりも勇気づけられる言葉だった。僕が頷くと酒井は立ち上がり、余裕を見せるためかチョビ髭を撫でてみせた。途端に行ってしまうのかと心細くなる。

「またすぐに来ますよ」

酒井は紳士風に会釈をして立ち去っていった。

7

取り調べが始まった。正義は我にありという言葉を座右の銘にしていそうな若い刑事が問いかけてくる。

「お前が作らせたんだろう。こっちにはメールが残っているんだ」

すぐには答えずに、質問にトラップがないかを吟味してから口を開く。

「刑事さん、そんなの僕じゃないですよ。一体どんなメールなんですか」

「口座を作れば、十万払うという内容だ」

実際は三、四万しか払っていない。十万円というのは僕の反応を見るためのブラフだろう。僕はその男に会ったこともないし、メールなど記憶にないと言った。

「男はお前に会って口座を買ってもらったと証言しているぞ」

「見間違いじゃないですか、自分に似ている人は世界に三人いるといいますし」

「ふざけるな。相手が白状しているんだから、お前も話したらどうだ」

取り調べと並行して、酒井からのアドバイスを受けていた。酒井がいなければ不安でたまらないだろうが、刑事のタイプに合わせたアドバイスをしてくれるので対策が立てやすい。僕はのらりくらりと刑事の追及をかわしていた。

拘留されて五日が過ぎ、面会室で向き合った酒井は、一刻も早い釈放を要求しているがなかなか進まないと苦労した様子だった。

「逮捕状が出たことを考えると、警察は口座の名義人からの話ではなく、他の情報も握っているのかもしれません。かなり確度の高い情報を」

「それっていうのはつまり、誰かがチンコロしたってことですか」

出し子、受け子、運搬、役者、名義貸しの人間たち――これまで詐欺で関わってきた人間は相当数に上る。彼らとは偽名で接し、個人情報は伝えないようにしていたが、どこかに抜けがあったのかもしれない。詐欺の仕事に慣れてきたのはここ半年ほどで、それ以前は自分でも冷汗が出るぐらい素人だった。

「引き続き掛け合ってみますからがんばってください」

会社のことが気になって尋ねると、僕が不在の間、エスコーポレーションと詐欺グループは前田が面倒を見てくれているという。それはよかったが、僕がショックを受けたのは、僕のマンションだけではなく、実家にまで家宅捜査が入ったことだった。母と妹はどんな気持ちだっただろうか。僕は取り調べで否認を続けているため、接見禁止が取れておらず家族と面会することもできない。特に母のことが気掛かりだ。

取り調べは酒井のアドバイスのおかげで気持ちに余裕が出てきた。警察は詐欺行為への関与も疑っているようだが、そちらの尻尾はつかめていない。このまま落ち着いて受け答えをしていけば釈放される可能性も充分にある。

取り調べ以上に億劫だったのは、他の被疑者たちとの共同生活だった。房では新人の僕がトイレに近い位置に寝て、トイレ掃除を行わなければならない。それは我慢できるものの同房の連中のレベルの低い会話には堪えられなかった。

角刈りの下品な男は刃率会の枝の組織に属するチンピラだった。中年男は業務上横領で捕まったサラリーマン、中国人はクスリの売人だ。

チンピラはこんなところに落ちても威張りたいらしく、自分の力を誇示して見せることがあった。わざわざシャツをはだけさせ、刺青を見せるあたりは堀前社長を彷彿《ほうふつ》とさせて痛々しい。僕が驚かないと分かると、組織名を出して握手を求めてきた。

「最近は不良も厳しいんじゃないですか」

僕の言葉を挑発と受け取ったのか、男は差し出した手を引っ込めた。

「詐欺師に言われたくねえよ」

「気を悪くされたなら謝ります。申し訳ございませんでした」

極めて慇懃無礼《いんぎんぶれい》に言った。

「お前、カチンと来るなあ」

僕が無視をしているとチンピラは舌打ちをして、同房の二人にヤクザ事情について話し始めた。それも僕に対する威圧のつもりだろう。

「結局、警察は再就職先が必要なだけなんだ。だからヤクザが用心棒をやっていたところをすべて奪いやがる」

どうやらこのチンピラはシノギがなく工事現場で働いていたようだが、同僚と些細な口論から喧嘩になり逮捕されたらしかった。ともに手を出したものの、逮捕されたのは刃率会系列に属している自分だけだったと嘆く。

「ヤクザってのも厳しい生き方になったよな。まあ、これが任侠っていうんなら仕方がないんだろうけどな」

悦に入った話し方をしているので、僕はつい口を挟んだ。

「しょうがないんじゃないですか。ヤクザの役目は終わったんですよ」

看板を掲げて商売をする古いヤクザは衰退し、これからは僕たちのような半グレか、ヤクザが地下に潜ったマフィアしか残らない。任侠などという言葉を語るヤクザは淘汰される種族にしか思えない。

「警察としては闇市の頃からあるヤクザとの癒着《ゆちゃく》を切りたいんじゃないですか。でも、きっと平気ですよ。ヤクザが絶滅したら自分たちの存在意義が薄れちゃうから、痛めつけつつも保護してくれると思いますから」

「お前、一体なにやってんだ？」

「僕はただのカタギです」

チンピラは僕を薄気味悪そうに見て首をひねった。そこに中年男性が仲裁に入ってきて、それぐらいにしておかないと後で怖いよと諭すように言う。挙げ句の果てには、このチンピラは先月ただの組員から幹部に昇格したという豆知識まで披露してくれた。

僕は先日前田から聞いた話を思い出した。

「幹部になると組に納める会費が上がるんですよね。会費欲しさにどんな組員でも昇格させて、幹部だらけになっている組もあるみたいですね」

チンピラはふざけたこと言ってんじゃねえぞと巻き舌で言った。どうやら図星だったようだ。

「最近はヤクザの看板出せませんからね。会費を払うだけで自由に使えないんじゃ、変な同好会みたいですね」

てめえと吐き捨ててチンピラがつかみ掛かってきた。僕が困った声で留置担当官を呼ぶと、すぐに駆けつけてきて房の外から怒号が飛ぶ。手を離したチンピラが、覚えてやがれと喚くのがなんだか面白かった。

8

逮捕後一週間で取り調べの担当官が変わった。屈強な身体に粘着性の眼差し。元マルボウと呼ばれる、ヤクザを専門に扱う部署にいた刑事のようだ。後で先生にこのタイプの対策を聞かなければと思っていると、四角い顔をした中年刑事は、腹に響く野太い声で言った。

「お前、環状連合のメンバーらしいな」

これまでの余裕が一気に吹き飛んだ。

「随分と派手にやっているみたいじゃないか。取り調べは俺がやる。これまでのように甘くないから覚悟しろよ」

この刑事はひと味もふた味も違った。身上《しんじよう》調査と称して僕のこれまでの人生を誕生から延々と語らせる。話しにくいことを伏せながら語ると、刑事は、ふーんとか、なるほどねえと嫌味ったらしい相槌を打ち、現時点まで話が進むとテーブルを大きく叩いて、もう一度だと同じ話を繰り返させた。

そのうちに前回話したこととの食い違いが生まれ、刑事のふーんという相槌の量が増えていく。時折刑事がカマをかけた質問をしてくることがあり、返答に詰まるようになった。その様子を粘ついた眼差しで観察されているようで気持ちが休まることがない。

くたくたに疲れて房に戻ると、チンピラや中年オヤジに付きまとわれる。チンピラは僕に痛いところを突かれたことを根に持っているらしく、夜トイレに行く際などはわざわざ爪先で僕の布団をめくり上げるなどの嫌がらせをしてきた。

寝不足のまま取り調べが始まる。人生を誕生から何度も繰り返し話させられる。三日もすると僕は限界に達しようとしていた。取調室に入った瞬間、意識が朦朧とし始め、このままでは意志を喪失した人形のようになんでも喋ってしまうと恐ろしくなった。

この刑事は僕が詐欺グループの中枢にいることを見抜いている。精神を摩耗《まもう》させ、他人名義の口座などというケチな事件ではなく、本丸まで取ろうとしている。何度発せられたか分からない刑事のがさつな声が取調室に響く。

「お前の人生はよーく分かった。だが、いくつか疑問がある。それを聞いていくぞ」

話の食い違いが発生した部分を執拗《しつよう》に尋ねてくる。しつこく聞かれるのは、エスコーポレーションや環状連合OBとの交流、詐欺に関することばかりだった。完黙《かんもく》を貫くことができればいいのだが、面と向かって一定のリズムで質問を続けられると黙っているだけというのも辛いものだった。

僕が拠《よ》り所《どころ》にしていたのは、前田や乙矢を守らなければならないという思いだった。

この苦痛を仲間たちに与えてはいけない。なんとしても自分で堰《せ》き止めるのだ。その一念で狂い出しそうになる意識を抑え込んでいた。

ある日、取り調べ中の刑事が呼ばれた。戻ってきた刑事は険しい顔をしていた。

「お前の母親が倒れたそうだ」

何秒かの空白の後、僕は喘《あえ》ぐように聞いた。

「母が……母が倒れたんですか」

「今、病院で手術をしているそうだ」

「くも膜下出血ですか」

「手術中ということしか分からない」

母が家で倒れたときのことが頭をよぎる。左手に後遺症があり細かく指が震えていた母の姿が頭をよぎる。先生に言われた、これからはストレスをなるべくかけさせないようにしてあげてくださいという言葉が頭の中で反響する。

ストレスを与えた。

それは僕だ。

立ち上がろうとしたが、椅子に腰縄が縛り付けてあり、腰を浮かせることはできない。刑事に肩を押さえられた僕は頭を垂れた。刑事はしばらくそこに立っていた。物音がしたかと思うと正面に座っていた。顔を上げろ、という言葉につられて正面を向く。

「お前の母親は一刻を争う状況だ。お前がグループのことを話せば、すぐに保釈が出るようにしてやる。どうだ？」

僕は呆然と刑事の顔を見ていた。真剣な表情を作っているが、その裏には打算にまみれたにやけ笑いが潜んでいる。こいつは醜い生き物だ。

「汚ねえ」

口に出してつぶやくと胸の中で激烈な反応が起こった。僕は椅子に座ったまま大声で叫んだ。

「汚ねえぞ！　こんなときに取り引きしかけやがって。なに考えてんだ。汚ねえ！　てめえ、汚ねえぞ！」

刑事は一瞬ひるんだが、すぐに真顔に戻った。部屋で調書を作成していた刑事と、外にいた刑事が駆けつけてきて僕を押さえつける。目の前の刑事が再び口を開く。

「話せば保釈で出してやる。母親に会いたくないのか」

「やめろ！」

「さっきお前の妹が署まで出向いてきたようだ。お前に出てきてほしいと泣いて頼んでいたらしいぞ」

「やめろ！」

僕は叫び、手錠を引きちぎり飛びかかろうとした。だが、僕の力では刑事たちを振りほどくことも立ち上がることもできなかった。

房に戻ると異変に気付いたチンピラたちが僕を取り囲み、言葉を浴びせてきた。だが僕はその言葉を判別することができなかった。その後、弁護士が来たと呼ばれると、僕はいつの間にか酒井の前で泣きながら事の経緯を話していた。

「乙矢さんはなんて言うんでしょう。乙矢さんはなんて……」

僕は頭の中にあるものと口から出るものの区別がついていなかった。

「お母さんのことは心配ですが、早まってはいけません。今日中にもう一度来ますから必ず待っていてくださいね」

そう言って酒井が出ていき、僕は房に戻り、チンピラたちの集中砲火を浴び、またいつの間にか面会室で酒井と向き合っていた。

「確認してきました」

酒井は苦い顔をしている。

「乙矢さんはなんて言っていました？」

「好きにしろ、と」

「それだけですか？」

「はい」

房で横になっていた。すでに消灯時間を過ぎているが、暗い天井の染みまではっきりと見えた。今頃、母さんはどうしているのか。考え出すと足が無意識のうちにガクガクと震えてくる。それを手で押さえ込むと手まで震え、身体中が震え出してしまう。細い悲鳴が口から漏れ、どこかからうるせえぞと声がかかる。

母はまだ手術中だろうか。手術はうまくいっただろうか。身体を横に向けると房の鉄格子が目に入る。あれをこじ開けて今すぐ病院に駆けつけたい。その一方で、乙矢のことも頭に浮かぶ。乙矢は僕に好きにしろと言った。それはどういう意味なのか。逮捕された僕は乙矢に見限られたのか。それともなにか思惑があっての言葉なのか。

指先が震える母の姿と、冷淡な乙矢の顔が交互に浮かぶ。どろどろに煮詰まった思考の泥沼で僕は喘いでいた。

長い時間が過ぎ、僕の耳に新聞配達のバイクの音が聞こえてきた。

朝を迎えた音——それを耳にして混濁していた意識が途端に整理された気がした。

母さんは回復する。あのときも回復した。きっと大丈夫だ。

9

「俺はなにも知りません」

僕の言葉に刑事は呆れ顔になった。

「親より大事なことがあるのかよ」

そう言った後、刑事の頬がいやらしく持ち上がる。

「取り調べを続けよう。お前が生まれるところからだ」

刑事ならなにをやってもいいのか。全身が怒りと悲しみで震え、僕は刑事を睨み据えた。僕が口をつぐんでいると刑事はこれまでに話した内容を掘り起こし、そのとき母親はなんと言ったのか、どんなことをしたのかなどと質問を始めた。

房に戻るといつもの調子でチンピラが絡んできた。

「お前、環状連合なんだって」

僕は気持ちを抑えることができなかった。

「だったらなんだよ」

尖った口調にチンピラはわずかに仰け反った。すぐに下卑《げび》た笑いで問いかけてくる。

「へへへ、お前、こんな場所に入れられて誰かに売られたんだろう。うちみたいな名門と違って、半グレじゃ連携もたかが知れてるもんな」

「知ったようなことを言うんじゃねえぞ」

僕は好戦的になっていた。チンピラの眼差しにも怒気が宿る。

「偉そうな口を利くじゃねえか。お前らまとめてつぶすぞ」

「イモヤクザにつぶされるわけねえだろう。お前らのほうこそつぶすぞ」

腹の中に殺気が漲っていくのが分かる。このチンピラの所属は刃率会の枝。つまり刃率会に属している門脇の下の位置付けになるわけだ。ヤクザと半グレという対立構造を想像しているのかもしれないが、うちにだってお前より力のあるヤクザはいる。つぶす気になったら簡単につぶせるんだぞ。

僕は自分の眼差しが赤黒く濁っていくのを感じた。舌打ちをして目を逸らしたのはチンピラのほうだった。

三日後、取り調べ担当の刑事が房に現れ、手招きをした。

「二十五番」

午後の調べには少し早い。僕は刑事を睨みながら立ち上がった。刑事は格子越しに顔を近づけ、囁いた。

「亡くなったそうだ」

それだけ言うと立ち去っていく。僕はその場に崩れ落ちそうになり、咄嗟に格子をつかんだ。膝が激しく震え、腕の力で身体を支えるのがやっとだった。

母さんが——

母さんが死んでしまった。

僕は、胸の中に沸き立った熱い泥を吐き出すように雄叫びを上げた。房内に声が反響し、頭の中でわんわんと鳴った。二十五番と怒号が上がり担当官が駆けつけてくる。僕は引きつった泣き笑いの顔で叫び続けた。おい、どうした、という誰かの声が聞こえた。狂った、こいつ狂ったとチンピラの声が言うのが聞こえた。担当官が取り押さえようとしたが、僕は握った格子を揺さぶりながら叫び続けた。

10

取り調べはその後五十日間続いた。警察は他人名義の口座の案件でひとつずつ逮捕状を取り、僕を拘留した。酒井弁護士は不当逮捕だとして逮捕の取り消しを求めたが、警察としては環状連合の情報を引っ張るために無理をしたらしかった。

面会室で酒井は、内通者がいるのかもしれないと危惧していた。警察の強硬姿勢を見ると、僕が詐欺に関与していたというなんらかの確信を抱いているはずだという。心当たりが多すぎる僕は首を傾げた。僕のことを疎ましく思っている人間は無数にいるはずだ。

刑事は母の死を使って揺さぶりをかけてきた。母は手術の甲斐もなく、昏睡状態に陥ったまま息を引き取ったらしい。ストレスが原因だったらしいな、と刑事は言い、僕の内面を土足で踏みにじった。

だが、僕は妙に冷めた心境にいた。

悲しいとか腹立たしいとか、そういう感情を発する部分が鉛の塊になってしまったようだった。そこに一切の波は立たず、僕は淡々と過ごしていた。完全黙秘の状態で取り調べに臨むことは難しくなかった。

証拠不十分で釈放されたのは、逮捕から七十日後のことだった。逮捕時は半袖のTシャツを着ていたが、季節が変わり肌寒くなっている。その足で実家に向かった。

チャイムを鳴らすと足音が聞こえた。ドアが開き、青白い顔をした夏樹が現れる。頬はすっかりこけ、肌には白い粉がふいている。健康的だった風貌は、この二ヶ月で十歳以上も老け込んでしまった。

「お兄ちゃん……」

焦点の定まらない目で僕を見る。

「母さんは？」

「中」

夏樹の隣を抜けて玄関に上がると、線香の香りが鼻をついた。居間の襖を開けると仏壇が置かれていた。父の遺影の隣に真新しい母の遺影が並んでいる。優しく微笑む母の顔を見て僕は立ち尽くすことしかできなかった。そのとき後ろから怨念のこもった声が聞こえた。

「何しにきたの？」

夏樹が僕を見据えていた。

「かあさんに……」

僕が口を開くなり、夏樹の感情がほとばしった。

「出てけ！　お兄ちゃんが殺したんだ！」

夏樹がつかみかかってくる。僕は棒立ちのまま揺さぶられていた。

「なんでお兄ちゃん、あんなことしたの？」

夏樹は突然泣き出したかと思うと、再び激昂した。

「出てけ。出てけよ！　ここからいなくなれ。いなくなれってば」

僕は母の遺影に手を合わせることができなかった。

11

スマホの充電はとっくに切れていた。コンビニでモバイルバッテリーを買い、前田と乙矢に連絡をしようかと思ったが、そうする気力もなく電車で麻布十番に向かった。エスコーポレーションに向かって歩き始めたが、途中で動けなくなった。公園のベンチに腰を下ろす。

疲れからか、そのまま寝てしまったようだった。冷たい風に目を覚ますと、公園の時計は二十時を指している。僕は身体を起こし、エスコーポレーションを目指した。外から見ると会社の明かりはついている。エレベーターで三階に上ると、社員の足立と鉢合わせになった。

「社長！　出てきたんですか」

「ああ、さっきな」

「無実だったんですね」

「不起訴になった。疲れたよ」

足立は僕に同情するように頷いた。

「いない間、迷惑をかけたな、会社はどうだった？」

「前田さんが来て面倒見てくれました」

「そうか……」

「まだ、中にいますよ。俺はこれで失礼します。明日、話聞かせてください」

ドアを開けると、ＰＣに向かう前田の姿があった。物音に気づいて僕のほうを振り向くと、仏頂面に驚きが広がった。前田が駆け寄ってきて力強く僕を抱き締めた。バンバンと強い力で背中を叩く。

「今日だったのか。酒井さんに言えば、みんなで迎えにいったのに」

僕は釈放の日時が分かっても誰にも伝えないでほしいと酒井に頼んでいた。みなの顔も見たかったが、まずは母に会わなければならないと思っていたからだ。

「すいません」

頭を下げると、前田はしみじみと言った。

「大変だったな」

母の訃報は前田の耳にも入っている。

「だが、お前のおかげで誰も持っていかれずにすんだ」

それだけが唯一の救いだった。僕がいない間の会社運営と詐欺グループについて尋ねると、会社はほぼ通常通り動いていたという。詐欺については三つあったグループのうち、松井の仕切っていたグループが夜逃げをしたとのことだった。

「お前が逮捕された後、松井はこそこそ嗅ぎ回っていた。ある日、マンションを見にいったらすでに解約されていたよ」

「松井がですか」

「お前は買っていたみたいだが、あんな軽そうなやつ信用できるはずないだろ」

松井たちは数千万円の売上と詐欺のノウハウを盗んで逃げた敵となった。酒井が言っていた内通者かもしれないが今となっては確かめようがない。前田や乙矢が消息を追っているとのことだった。

「お前、顔が緑色だぞ」

「留置場に入れば誰でもこんな顔色になりますよ」

「俺は中でも筋トレばかりしてたからそんなふうにはならなかったな」

「前田さんは普通じゃないですから」

僕がかすかに笑うと、ドアが開き、三人の男が入ってきた。先頭に門脇、その後ろに佐久間と乙矢。三人は僕の顔を見て驚いたようだが、門脇は真っ直ぐ前田のほうに向かってきた。

「てめえだな」

前田の胸ぐらをつかんだ。巨漢の門脇に押し込まれ、前田は机に乗り上げた格好になる。

「なにがですか」

困惑気味に答える前田の顔に門脇の拳が飛んだ。前田の身体が机の上に転がる。

「いきなり、なんだよ！」

前田が身体を起こす。

「うるせえ！」

門脇が再度殴り掛かり、前田は机の上を転がってそれを避けたかと思うと、足の裏で思い切り門脇を突き飛ばした。二人の間にスペースができ、前田は机の上から下りた。

睨み合う二人に水を差すように口を開いたのは佐久間だった。

「真を売ったのお前だろ」

前田は佐久間のほうを向き、なに言ってんだと声を上げた。視線が流れた隙をついて、再び門脇の拳が前田の顔面を捉えた。重量級のパンチに前田の身体が弾け飛ぶ。

「ネタは上がってんだ。てめえ、なに企んでんだ！」

前田は鼻から勢い良く流れ出た血を手の甲で拭った。みるみるうちにワイシャツの胸の部分が赤く染まっていく。

「なに言ってるか分からねえぞ。俺が真のこと売るわけねえだろ」

いきり立った門脇が突っ込もうとした。今度は前田も腕を上げて迎撃の構えを取る。

そのとき冷たい声が響いた。

「やめろ」

乙矢だった。

みなの視線が乙矢に集まる。乙矢は表情を変えずに前田のほうに一歩歩み出た。その姿を見た瞬間、これまで反抗心を露にしていた前田の顔に怯えの色が広がった。後退《あとずさ》りするが机にぶつかってしまう。乙矢がまた一歩前に出る。

「なんだよ。やめてくれよ」

前田は怯えるように言うと、机に飛び乗り、窓を開けた。あっと佐久間が声を上げたときは遅かった。前田は窓から身体を踊らせ、ビルの外に飛び降りた。重いものをつぶしたような音が聞こえ、慌てて窓に駆け寄ると、門脇が声を上げた。

「チクショウ、あいつ、俺の車！」

窓の下に停めてあった門脇のアルファードの天井がべっこりと凹んでいる。着地に成功した前田は天井から下りると一目散に夜道を駆け出した。門脇も窓枠に手をかけたが、自分の体重を自覚したらしい。逃げていく前田の背中を悔しそうに見送っていた。


「密告したのは彼ですよ」

一連の流れを見る限り乙矢の言葉は嘘には思えないが認めたくなかった。

「よく分かりません」

「君が邪魔だったんでしょう」

前田とは仲良くやっていたつもりだった。僕は取り調べで前田を守り、前田は僕がいない間、組織を守ってくれたんだ。佐久間が横から言葉を挟んできた。

「嫉妬してたんだろ。お前のほうが調子よさそうだったからな」

乙矢が佐久間を嗜《たしな》めるように言う。

「そんなに簡単なものじゃないですよ。前田君の父親を殺したのは私なんです」

乙矢の言葉に、記憶が呼び起こされた。前田の父は詐欺で借金を背負い、それが原因で自殺したと言っていたのではなかったか。

「十五年ほど前のことです。その頃やっていた取り込み詐欺で前田君の父親の会社から大量のパソコンを騙し取りました。それで会社は倒産し、前田君の父親は自殺をした。前田君が環状連合に入ってきたのはその後のことです。きっと私の近くで私が最も苦しむ形で復讐しようと機会を狙っていたのでしょう」

そのとき入ってきたのが僕だった。

「君は前田君が思っていた以上に成長し、私の周りにいるようになった。そのことが結果的に彼の計画を狂わせた」

だから僕を逮捕させ、排除しようとしたのだと乙矢は言った。実刑を食らえば当分シャバには出られないし、仮にグループの情報を漏らせば戻ってくることはできない。僕が前田の名前を口にしたとしても言い逃れるための準備はしていたはずだと乙矢は言った。

「証拠はあるんですか」

「彼の過去を洗うと、彼の父親を追い込んだのが私だと分かりました」

「それだけですか」

「ええ」

「でも、もし違ったら」

「私たちの世界に証拠はいりませんよ」

逃げていったことが何よりの証明になった。

「前田さんがチンコロしていたらどうなったんですか」

乙矢は少し黙り、窓の外に目をやった。ビルの下では門脇が悲しそうな顔で、へこんだ愛車の天井をなで回している。顔を戻して乙矢は言った。

「少しドライブに行きましょうか」

12

暗い山道を車は走る。会社を出てから二時間近くになるが、乙矢はどこに行くとも告げず、静かに車を走らせている。門脇と佐久間はすでに帰り、車内には僕と乙矢の二人だけだ。

助手席の僕はヘッドライトが照らし出す夜の山道に目をやっていた。途中、舗装されていない道に入り、車の腹に小石がぶつかる音が響く。門脇は乙矢に車を貸すことを渋っていたが、こんな使われ方をしたと知ったら怒るだろうなと思った。

鬱蒼《うっそう》と茂る樹々の葉が開けたと思うと、だだっ広い空間が広がっていた。小さなプレハブ小屋の前に乙矢は車を停めた。車から降りると、プレハブ小屋には薄汚れた看板がかけられていて「奥多摩産廃《おくたまさんぱい》センター」という文字が読み取れた。ここは産業廃棄物処理場らしい。

細い三日月が出ているだけの暗い夜だった。乙矢が煙草を取り出し一服すると、その赤い光が宙に舞っているように見える。乙矢はヘッドライトが作り出す光の道をゆっくりと歩き出した。僕も乙矢について黙々と歩いた。重機やダンプカーは見当たらず、土地も綺麗にならされている。車両通行用なのか数メートル幅のコンクリートの道路が茶色い地面の敷地を貫いていた。満杯になり今は使われていない処理場なのかもしれない。

乙矢が足を止め、煙草を胸の位置まで下げた。

「ここに埋まっている人がいます。君も知っている人です」

「曽根君ですか」

「驚かないんですか」

「そうだと思っていました」

自分でも意外なほど自然に言葉が出てきた。前田に曽根のことを電話したときは、こんなことになるとは思わなかった。だが、その後、環状連合と深く関わるにつれ、なにがあってもおかしくないということが実感として理解できていたからだろう。

僕は乙矢に曽根の最期についての説明を求めた。

堀とともに環状連合の金を持ち逃げした曽根は、親戚の家に身を潜めていたという。

だが、そのとき僕に電話をかけ、駅のアナウンスで電車の行き先が判明してしまった。僕はそれを前田に伝え、前田はその情報をもとに曽根の身辺調査をし、親戚がその駅の沿線に住んでいることを突き詰めた。曽根を捕縛。金を回収し、殺害した。乙矢は殺害までは指示しておらず、下の者がやったことだという。

堀は？　と聞くと、薬物による前科があった堀は一年半の懲役を受けたが、半年以上前に出所していた。乙矢はその情報をつかんでいたが、堀は出所後、環状連合と関わりを持とうとせず、深夜のコンビニでバイトをしているという。金は曽根から回収したこともあり、あえて詰めることはしていないと言った。首謀者である堀と、巻き込まれた曽根の末路《まつろ》はあまりにも違っていた。

「一本もらえますか？」

乙矢から煙草をもらう。もう決して戻れないところまで来てしまった。一服つけると、紫煙《しえん》が僕の胸にそのまま定着した。

「どうしますか？」

乙矢の問いかけは、さまざまな意味を孕《はら》んでいた。

「帰りましょう」

僕はそう言って、火がついたままの煙草を曽根の埋葬地に投げた。

翌日、僕は新しい高級腕時計を買い、父からもらった時計を外した。

比怒羅《ヒドラ》

1

六本木交差点から外苑東通り《がいえんひがしどお》を少し進んだ場所にあるクラブ「ＨＥＡＤＺ《ヘッズ》」のＶＩＰルームは、前田の話題で持ち切りだった。本山が、前田はなにをしているのかなと口を開けば、門脇が、あんなやつの話はするんじゃねえと億劫そうに言い、佐久間が、この間新宿のマンキッにいるところを見たやつがいるらしいと言った。

「マンキッのシャワールームから出てきたらしいんだけど、それって相当ヤバいよな。まあ、身内を売ったんだからしょうがないけどな」

軽薄な笑みを浮かべる佐久間の頭を門脇が小突く。

「見かけたらなんで取っ捕まえなかったんだ」

「いや、見かけたの俺じゃないから」

「だったら見かけたやつに捕まえるようなんで言っておかなかったんだ」

「そんなの無理だろ。次に見かけたら捕まえるよう言っておくよ」

佐久間は僕のほうを見て続けた。

「なあ、真。お前もあいつには頭に来てんだろ」

たしかに前田に対しては割り切れないものを抱えている。前田が警察に情報を売ったことで拘留が長引き、その間に母が死んだ。母を殺したのは前田だと一時期は憎んでいたが、今は佐久間の言葉が気に障って仕方なかった。

「あの人の話はやめましょう」

話を打ち切ろうとしても佐久間はしつこい。

「前田は上から目線だったからな、今頃、現実の厳しさってやつを実感してるんじゃねえか。もちろん頭下げて出てきたって許さないけどな」

「俺は前田のこと好きだったけどな、やったことは別としてさ」

本山が言い、佐久間が口を尖らせた。

「あいつのこと擁護すんのかよ」

「そういうつもりじゃないけど、仲間だったんだし、もういいじゃん」

佐久間はまだ言い足りない様子だったが、やっと口をつぐんだ。本山は自分が場をしらけさせてしまったと思っているのか、気まずそうな顔をしている。僕は環状連合OBの中で唯一常識的な振る舞いをする本山を信頼していた。

VIPルームのドアが開き、ユリカと新垣が姿を現した。新しい話題が提供されたとばかりに佐久間がすかさず新垣に言った。

「優、この間も現場遅刻しただろ。もう少ししっかりやってくれよ」

「すいません、社長」

泣きそうな声で新垣は答えた。

佐久間の事務所に所属している新垣は最近、情緒不安定だと聞いていた。現場への遅刻も増え、業界では使いにくいという噂が広がっているという。僕は久し振りに新垣と顔を合わせたが、以前より頬がこけ、痩せたようだった。離島アイドルという健康的な売り方をしていたのに、激痩せをしたり、表情に翳《かげ》があるのでは番組が起用したがらないのも無理はない。

それに対し、ユリカはあいかわらず絶好調で、先日は日本で最も権威のある映画賞の主演女優賞を獲得していた。自家用車、お菓子、住宅メーカー、飲料水、高級ブランド、化粧品のＣＭなどでユリカの姿を見ない日はない。

本山と新垣の間には佐久間が座っている。本山と新垣の間にはよそよそしい空気感があり、この様子では喧嘩をしているか別れているかだと思った。

「ねーねー」

甘えた声でユリカが袖を引っ張る。僕は煙草の箱からコカインのパケを取り出した。

「ライン引くなら自分で引けよ」

「はーい、ごちそうさまー」

ラインを引くのが面倒だったのか、ユリカは財布から出した鍵の先端で粉をすくって吸引した。

「あー、おいしい。他にいる人？」

　ユリカがパケを掲げると、新垣以外は手を挙げた。

「お前、勝手に配るなよな」

「いいじゃん、真君、乙矢さんルートのいいやつ持ってんだもん」

「ま、いいっちゃいいけど」

　売れっ子のユリカが連合関連のイベントに顔を出しているのは良質のコカインが欲しいからだ。他の売人のものなど、乙矢ルートのものを吸った後では片栗粉にしか思えない。芸能界やクラブ業界に環状連合が食い込むことができたのも乙矢が誰よりもいいコカインを手に入れることができたからだ。

　密輸方法は知る由《よし》もないが、外交官に知り合いがいるとか、愛人のフライトアテンダントに持ち込ませているとか、コロンビアに家具会社を作って家具の中に仕込んで輸入しているなどと囁かれていた。どれも本当かもしれなかったし、どれも当たっていないかもしれなかった。

　みなの間をパケが回ったが、新垣だけは吸わなかった。ユリカが心配そうに、いらないの？　と聞くが、新垣は顔をしかめながら腹を押さえた。

「最近、胃が痛くて」

　麻酔薬の側面を持つコカインは、触れた部分を麻痺させる作用がある。夜通し遊べば翌日は胃の重さに悩まされるし、常用者になれば慢性胃炎に苦しめられることになる。

「ストレス？」

「ううん、平気だよ。ありがとうね」

コカインが効き始めて、みなにわかに饒舌《じょうぜつ》になっている。キマッた場合の行動は人によって分かれるが、動きたくなる派のユリカは新垣をつれてフロアに向かい、門脇と佐久間もすぐに後を追っていった。二人はどちらかというと、女のいる場所が好き派だ。

VIPルームに本山と二人で残った。

「優のこと、どう思う？」

本山が沈痛そうな表情で尋ねた。コカインが効いているのにちっとも楽しそうじゃない。

「なんだか疲れているみたいですね」

「俺、二ヶ月ぐらい前にあいつと別れたんだよ。あいつ、ひどい鬱《うつ》でさ」

精神的な落ち込みがひどく、今すぐに消えてしまいたいと口にするようになった。本山はずっとフォローしていたが、新垣のほうから別れを切り出してきた。人と一緒にいることが辛いと言われ、別れるしかなかったという。

乙矢に新垣のことを相談したが、返ってきたのは、商品価値のない女だというものだった。乙矢は佐久間のプロダクションの相談役を務めているが、遅刻などで仕事にルーズになった新垣を見限り始めている。

重い空気が漂い始めた部屋にフロアのほうから重低音が響いてきた。今日は世界的に有名なアルゼンチン人のＤＪを呼んでいる。その音に違いなかった。時刻を見ると、二十四時を回ったところだ。

「僕たちも行きますかね」

「俺まで落ち込んでちゃしょうがないよな」

本山は瞳孔《どうこう》が開いた目で立ち上がった。

2

バーカウンターの近くで門脇と佐久間がナンパをしている。門脇の整形は進行中で、丸くつぶれていた鼻はいつの間にか鼻筋が通り高くなっている。モテるために整形をしているのだろうが、言えることはひとつ、その前に痩せるべきだ。

人波をかき分けて最前列に向かうと、ユリカはＤＪブースの正面で身体を揺らしていた。音の世界に没頭しているようで、ユリカに気付いた周囲の人間も話しかけられずにいる。肩を叩いて声をかけるとブースの前をあけてくれた。

「音、最高！　真、踊ってる？」

「今、来たとこ」

　爆音の中、耳元で短い言葉を交わす。ブースの中ではスキンヘッドのアルゼンチン人ＤＪが真剣な面持ちで音を作っている。ＤＪの目線が僕のほうに降りたかと思うと、ウインクをした。僕の隣でユリカの嬌声が響く。ＤＪもこんなにかわいい女が気持ちよさそうに踊っていたらプレイにも力が入るだろう。

「優ちゃんは？」

「ちょっと回ってくるって言ってた」

　ユリカがそう答えたとき、四つ打ちはブレイクに向かう階段を昇り始めた。ユリカは音に没入するために目を閉じて頭を左右に振っている。僕はユリカのことを見ててくれと本山に言って、フロアの隅に足を向けた。

　新垣は壁際に寄りかかって一人でカクテルを飲んでいた。僕が声をかけると、寂し気な笑みを浮かべる。ここはスピーカーから離れているのでいくらか話がしやすい。

「仕事大変みたいだね」

「うーん、なんか最近疲れちゃってんだぁ」

　僕はロンググラスを持つ新垣の腕を見た。そこには白く盛り上がった傷痕《きずあと》が何本も刻まれている。リストカットの痕だ。本山と付き合ったことで一時期は減っていたが、再発しているのか赤味を帯びた新しい傷もあった。

「島に帰りたいよ。東京は疲れちゃう。でも、がんばんなくちゃね」

宮古島からフェリーで行ったところにある人口数千人の島が新垣の故郷だ。島にはコンビニがひとつ、信号機は五つしかないという。そんな島から出てきて目の当たりにした東京の闇はどのように映ったのだろう。

「今度みんなで島に遊びにいこうよ」

「ホント？　そうできたらいいな」

新垣は明るく言っているつもりだろうが笑顔は引きつっている。僕は新垣の島をみんなで訪ねる計画を本気で練ろうと思った。

「あれ？　真君じゃない」

ふいに声をかけられ、顔を向けると、女連れの優男が立っていた。

「千木良《ちぎら》さんですか」

「そうそう、久し振り」

「千木良さんもクラブに来るんですね」

「俺は今時の不良だから」

千木良はおどけた。乙矢と親交のある安食組のヤクザだ。会社を訪ねてくるときはスーツ姿だが、今はジーパンにTシャツというラフな格好ですぐには分からなかった。身につけているものはセンスがよく、ヤクザというよりアパレル業界の人間のようだ。

「調子はどう?」

「あんまりですよ」

僕は顔をしかめる。ヤクザ相手に金回りのいい話などしない。

「そう? 随分いいって聞くけどね」

千木良の目はアイスピックのように鋭い。僕はエスコーポレーションの代表を務めたまま詐欺グループを統括し、現場に出ずとも月に五百万円は入ってくる環境を手に入れていた。僕は千木良に話題を返した。

「千木良さんはどうですか?」

「金回りのいい不良なんていないよ。どこもかしこもデコがケツ持ちで桜の代紋《だいもん》様には敵《かな》わないって」

軽口を叩く余裕はありそうだ。安食組は指定暴力団八潮会の中でもマフィア色の強い組織として知られている。つまり強盗や詐欺、恐喝などの仕事も金のためなら躊躇しないということだ。

「やっぱり地下に潜るしかないんですかね」

僕の言葉に千木良は眉を顰《ひそ》めた。

「かもしれねえけど、うちのオヤジは古い考え方してるから、カタギに迷惑をかけるなと言って身動きがとれないんだよね」

　なにが本当なのかは分からない。そういう建前で動いているだけともとれる。だが、これ以上深い話をする必要もメリットもなかった。僕は、安食組のような組織が重要なんですよね、どこもかしこもタタキと詐欺じゃ、つまらないですよとチクリと刺しておいた。

「そうそう、今度オヤジの実子が稼業入りするかもしれないんだけど、ラッパーなんだよ。組を任せられんのか分からねえよな。ま、なんかいい話あったら教えてくれよな」

　ラッパーがヤクザになるというのはたしかに今時の話だった。

「はい、分かりました」

　僕は頭を下げた。ここで初めて互いが連れている女に会釈だけして、千木良と別れた。

3

　VIPルームに戻ると乙矢の姿があった。滅多にクラブに顔を出すことはないので、物珍しさからみんなが取り囲んでいる。

「今日はどういう風の吹き回しだ」

「たまには店を見ておこうと思ったんですよ」

環状連合時代からの付き合いの門脇に対しても乙矢は敬語で話すことがある。それはまるで敬語という仕切りによって自分と他者とを隔てているようだった。

「毎晩遊んでた頃が懐かしいぜ」

「あの頃はぶっ倒れるまででしたね」

「いつの間にか一人で大人ぶりやがって」

門脇が乙矢の肩を軽く叩いた。この店を作ったぐらいだから、昔はクラブ遊びやドラッグ遊びに明け暮れていたのだろう。最近はクラブにも出向かず、コカインの量も減り、乙矢は、もう歳ですからと言うが、僕の目には、あらゆるものに興味を持てなくなっているように見えた。

記憶を探っても乙矢が心の底から笑っているシーンに遭遇したことはない。みんなの遊び場所を作ったりイベントを提供しているが、乙矢自身はその光景を眺めているだけで本当に楽しんでいるのだろうかと疑問に思うことがあった。

僕はテーブルに長いラインを引いた。各々が吸い始め、バカ話に花を咲かせる。そこに戻ってきたのはユリカと新垣だった。ユリカは乙矢の姿を見ると、乙矢さーんと酩酊した様子で抱きついてきた。

「ここで見るなんて珍しいね」

「レアキャラですからね、私は」

「はぐれメタル？」

「まあ、そんなもんです」

　乙矢とユリカが話している後ろで新垣は棒立ちになってテーブルの上のラインを見ていた。胃痛があるとは分かっているもののもう一度誘ってみると、新垣は頭を振り、ちょっと気分が悪いからと言ってＶＩＰルームから出ていってしまった。

「なんだ、あいつ？」

佐久間が顔をしかめ、本山が同調した。

「よく分かんないよ。マジで」

「乙矢を見てビビったんじゃないの？　叱られるんじゃないかと思ってさ」

乙矢は冷めた表情で答えた。

「どうでもいい話ですよ」

その後も談笑は続いたが、ユリカが僕を部屋の隅に誘った。

「優なんだけどさ、最近怪しいやつらと会ってるみたいなんだ」

「怪しいって不良？」

「分からない。友達が渋谷の喫茶店にいるところを見たけど深刻そうだったって」

「男？」

「うん」

本山と別れて新しい彼氏を作り、その男に悩まされているのかもしれない。だが、恋人という雰囲気でもなかったようだとユリカは言った。

「あの子、すごく繊細だから心配なんだ。なにかあったら教えるから協力してね」

僕は約束して、みんなのところに戻った。その後も佐久間が口火を切って、たびたび新垣の話題が出た。

「なんか危なっかしいぜ。シャブでも食ってんじゃねえのか」

クスリをやったことがない人からすれば、コカインも覚醒剤も同じかもしれないが、実際は別物だ。コカインならば自分を保てるが、覚醒剤にハマると猜疑心に苛まれて情緒不安定になったり、購入金ほしさに他人の金に手を出したりする。

「いや、それはないだろ」

本山は否定するものの佐久間は追及をやめない。

「あのテンパリ方は異常だぜ。お前、彼氏なんだからしっかりしろよ」

「俺はもう関係ないよ」

佐久間は本山に、お前たち別れたのかよとしつこく絡み始めた。本山はうんざりした様子であしらっていたが、本山自身、新垣に対する態度を決めかねているように見えた。

4

後日、本山のマンションで新垣のことを話していた。本山によると別れたのは二ヶ月ほど前だが、その前から情緒不安定が顕著《けんちょ》になり、本山が家でマリファナを吸おうとすると、私の前でやらないで！　と激昂《げきこう》し、トイレに流すことまであったという。

「自分でもやりまくってたのに、いきなりわけが分かんねえよ」

神経質な新垣はコカインよりもマリファナを好んでいた。これを吸うと島にいた頃みたいにのんびりできると言っていたぐらいだから、それを捨てることには違和感がある。

「佐久間が言うようにシャブでもやってんのかな」

本山は頭を抱えた。

「週刊誌に書かれたりしませんでしたか」

芸能人になるとドラッグ遊びが報じられるだけでニュースになる。僕が知っているだけで十数人のアイドルやタレントが乙矢ルートのコカインを楽しんでいるが、ＣＭが決まったり連続ドラマの撮影が始まると突然距離を取ることがあった。事務所から注意されたからだと説明するが、自分なりの危機管理能力が働いているのだろう。

一度顧客になった人間を追い込むことはしないが、タマをキメてずっと友達でいようなんて涙を流していたやつがあっさりと自分たちを捨て、その後、ＣＭに出ている姿を見ると心底つまらないと思うのだった。

だが、本山は、新垣には大きな仕事も入っていなければ、ドラッグ遊びが話題になることもなかったと答える。

「ちょっと分からないですね。ひょっとしてホームシックだったのかもしれないし」

「俺はもう関係ないよ。あいつにはさんざん振り回された」

男女の仲だ、僕に語るのはほんの一部で度重なる衝突があったのだろう。

そのとき本山のスマホが鳴った。ディスプレイを見た本山は面倒臭そうにテーブルに置いた。

「出なくていいんですか」

「優からだ」

「だったら尚更」

「今はあいつと話したくない」

本山がそう言ったとき、今度は僕のスマホが鳴った。

「優ちゃんからです」

「なんでお前にかけるんだ？」

「気になるんで出ていいですか」

「勝手にしろ」

電話に出ると、低い男の声が聞こえた。

「お前が伊南《いなみ》か」

予期せぬ声に身体が強張る。僕の異変に気付いたらしく本山も身を乗り出した。

「そうですが、どなたですか」

「俺は加藤というもんだ」

「どちらの加藤さんで」

「比怒羅《ヒドラ》の加藤だよ」

その名前に心臓が軋んだ。比怒羅というのは環状連合と同じような半グレグループのひとつで、新宿、池袋、立川、町田などに勢力を広げている。環状連合のメンバーは芸能人や政治家、社長などの子息が多く、芸能や薬物売買、投資、詐欺などをシノギにしているが、比怒羅は中流階級に属するメンバーで構成され、強盗、企業恐喝などの荒っぽいシノギを行っている。

特に過激な新宿比怒羅のメンバーたちは躊躇なく人を刺すことで知られ、裏社会では腫れ物を触るように扱われていた。ヤクザの中にも比怒羅と対立することを避け、比怒羅が根城としているクラブやキャバクラに顔を出さない者も多い。そして電話をしてきたのは新宿比怒羅のリーダー、加藤だった。

「えーっと、その加藤さんがなんの用ですか」

　僕は動揺を悟られないように言った。

「聞きたいのはこっちのほうだ。この女、うちの箱で盗撮してやがった。お前らが送り込んできたんだろ」

「盗撮ってなんです？」

「しらばっくれてんじゃねえぞ！　盗撮って言ってんだろうが！　ああ！」

　加藤は相当頭に血が上っているらしく、順序立てて話してくれない。話の内容から察すると比怒羅がケツ持ちをしているクラブで新垣が盗撮をしたらしいが、僕はわけが分からなかった。なぜ新垣がそんなことをするのか。

「全然分からないんですが、詳しく話してもらえませんか」

「お前じゃ、話にならない。乙矢に代われ、そこにいるんだろ」

「乙矢さんはここにいません」

「いねえはずねえだろうが！」

　加藤は語気を荒げた。

「本当にいません」

「乙矢に電話させろ。十分待ってやる。それを過ぎたら女がどうなるか分かってんな」

　一方的に通話が切れた。

焦った様子で本山が尋ねてくる。

「誰と話してたんだ？」

「比怒羅の加藤です」

「加藤……なんで？」

「そんなにマズイやつなんですか」

「ああ、俺が知る限り最も凶暴なやつだ」

本山は十数年前に飛鳥山《あすかやま》公園で行われた環状連合と比怒羅の全面対決の話をした。今でも飛鳥山戦争として語り継がれているものだ。この抗争に先立って乙矢や門脇たちは「比怒羅狩り」と称して比怒羅のメンバーを捕まえて頭を五厘刈りにすることを繰り返していた。それに激怒したのが比怒羅の幹部たちで、リーダーの加藤を筆頭に、環状連合のメンバーを襲い、ジャックナイフで刺すという報復行動に出た。

抗争が激化し、収集がつかなくなったため、それぞれから五人ずつ代表者を出し、一対一で戦い、負けたほうがチームを解散するという話になった。環状連合側は、リーダーの乙矢をはじめとして門脇などが参加し、比怒羅側はリーダーの加藤を含む五人が参加した。

先方として参戦した門脇は勝利し、大将戦までの戦績は二勝二敗のドロー。乙矢と加藤の戦いで負けたチームが解散となる。百名近い両チームのメンバーが見守る中、決戦は始まった。

「壮絶なものだったよ。二人とも血みどろになって殴り合ってた」

「結果はどうなったんですか」

「乙矢のほうが押していたんだけど、追い詰められた加藤がエンジニアブーツに隠していたジャックナイフで乙矢の脇腹を刺したんだ。加藤はへらへら笑いながら、油断してんじゃねえぞと雄叫びを上げた。乙矢の腹からはどろっとした血が流れてきて、そのまま倒れそうになった。だけど、そのとき腹に刺さったナイフを抜いて、加藤の口元を引き裂いたんだ」

　このときの傷は今も両者の身体に痕跡を残している。乙矢は腎臓をひとつ失い、加藤は左の口元から耳のあたりにまで伸びる傷がある。僕は息を呑んで聞いた。

「どっちが勝ったんです？」

「パトカーが何台も駆けつけてきて、決着はつかなかった。結局二勝二敗一分けのドローで、両チームとも存続することになったんだ。それが今も続いているってわけだ」

　環状連合と比怒羅はシノギでバッティングすることは少ないが、ぶつかったら最後、殺し合いになることを覚悟しなければならないと聞かされていた。その背景にはこんな過去があったのだ。

「この抗争には後日談があるんだ。何者かによってうちのメンバーが刺し殺された」

僕は目を剥いた。

「比怒羅がやったんですか」

「分からない。夜道で襲われてメッタ刺しにされたんだ。そいつは抗争の後、加藤のことを口裂け野郎と笑っていたやつだった」

「じゃあ、加藤が」

「もちろん疑われた。取り調べも行われたが、証拠がなかったんだ。加藤に決まっているという話になっているが、証拠不十分で釈放された」

「めちゃめちゃヤバイじゃないですか」

「だけど、加藤は頭がおかしいからな。自分にかけられている疑いのことなんてすっかり忘れて、乙矢に対する憎しみをたぎらせているんだ。傷を見るたびに憎しみが込み上げるらしい。殺してやりたいとよく言ってるってよ」

「昔はみんなそんなだったんですか」

「特に乙矢はキレてたよ。今は大人しくなったけどな」

本山の語る乙矢のイメージは現在の姿からはかけ離れている。その後なにが乙矢の性格を変えたのだろう。本山は困惑気味に頭を抱えた。

「だけどなんで、優がそんなとこに行ったんだ?」

僕は先日ユリカが言っていたことを思い出した。渋谷の喫茶店で怪し気な男と会っていたという話だ。

「ひょっとしたら優ちゃん、警察かマトリのエスをやらされてるんじゃないですか」

マトリの場合、逮捕した相手に取り引きを持ちかけ、スパイ――通称エスとして飼い馴らすことがあった。有名なミュージシャンが薬物禁止のポスターに出ていたことがあり、そのミュージシャンは六本木界隈では有名なジャンキーだったため、不思議に思って乙矢に尋ねると、起訴しない代わりにただでポスターに出る契約になっているんですよと答えた。逮捕した売人を泳がせ、ドラッグの仕入れルートを探らせたり、危険なクラブに潜入捜査させる裏取り引きは確実に存在している。

「まさか」

「そうだとすると辻褄が合います」

この間、VIPルームでコカインをやらなかったのも、自分がエスとして使われている自覚があったからではないのか。尿検査をいつ受けるか分からない処遇では、薬物の使用を手控えるのも当然だ。そして喫茶店で会っていた男というのは捜査関係者ではないだろうか。僕の推理の一部を本山は否定した。

「あいつは自分の尿検査を心配していたんじゃない。あいつは嘘をつけないやつだからみんながやっているのを見たくなかったんだ。捜査官に聞かれたとき、誰もやっていなかったと言うんだろうけど、嘘が見破られたら怖いと思って、なるべく見ないようにしていたんだ」

新垣のことをよく知る本山だけに説得力があった。そう考えると、本山が吸おうとしたマリファナを捨てたのも理解できる。そういえば、と本山が言った。

「三、四ヶ月ぐらい前、あいつが変なことを聞いてきたことがあったんだ。マリファナってどれぐらいの量で捕まっちゃうのとテンパッた様子で聞いてきた。俺はジョイント一本ぐらいじゃないかと適当に答えたんだけど、その後もしばらく浮かない顔をしていた」

様子がおかしくなったのはその直後からだという。新垣が逮捕されたというニュースはもちろん出ていない。つまり新垣は少量のマリファナを所持しているところを警察かマトリに見付かり、それを握りつぶす代わりにエスになることを持ちかけられたのではないか。本山は悔やんだように言った。

「もっとしっかり答えればよかった。起訴できる量を持っていたらそもそも逮捕したはずだ。だけど微妙な量だったから取り引きを持ちかけてきたんだ」

有罪に持ち込むことが難しい事件ならば、捜査機関は逮捕に踏み切ることを躊躇する。特に新垣のようなタレントが相手の場合、大々的に事件が報道された後で有罪にできなかったとすれば、組織の失態になるからだ。

「比怒羅のクラブに行ったのはなぜですかね」

僕の問いに本山は答えた。

「捜査員からはおそらく俺たちのことを探ってこいと言われていたに違いない。だけど、あいつは口を閉ざし、俺たちの情報を漏らさなかった。しかし、いずれは俺たちのことを危機にさらしてしまうと思い、自分で手柄を立てようとしたんじゃないのか。だから比怒羅がやってるシャブ箱で動画を撮った」

加藤が電話をかけてきたということは、新宿の「ワースト」に潜入したのだろうという。その名の通り、箱の中に覚醒剤専用の売人が常駐していて、遊んでいるのはほとんどがシャブ中という日本で最も邪悪と噂されるクラブだった。

テーブルが震えていると思うと、テーブルに触れている本山の足が震えていた。

「本山さん」

本山は足を押さえ込んで、顔を上げた。

「悪ぃ、怖いんだ。でも、あいつを助けなきゃならない」

「まずは乙矢さんに電話をしないと」

電話をかけようとすると本山が遮った。

「乙矢はダメだ。優のことを使えないタレントだと見限っている。助けてくれない」

「そんなことないですよ」

「お前はあいつの冷たさを知らない」

本山の言葉にぞっとした。

「じゃあ、どうするんです？　比怒羅ってケツ持ちいるんですか？」

「刃率会だ」

「門脇さんと同じだ。門脇さんから話を通してもらえれば」

「無理だ。加藤は刃率会のカシラとつながってる。貫目《かんめ》の違いで歯が立たない」

「同門で無理なら千木良さんに頼んでみるのはどうですか」

安食組なら刃率会と比べても遜色がない。本山は苦い顔で首を横に振った。

「それも無理だ。刃率会と話をつけるなら安食組のカシラか組長が動かないと無理だ。いくらかかるか分からないし、一度頼み事をしたら永遠に付き合いが続くぞ」

「だったらどうするんですか」

「俺たちでやるしかないんだよ」

本山は強い眼差しで訴えた。

5

比怒羅が仕切る「ワースト」は歌舞伎町のホスト街にあった。加藤には電話をし、あと一時間だけ待ってくれと伝えてある。了承したのかしないのか、それはお前の勝手だろと吠えて加藤は電話を切っていた。

外国人観光客で賑わう歌舞伎町を進み、ホスト通りに足を踏み入れる。後ろからタクシーがやってくるがクラクションを鳴らしても通行人はなかなか道を譲らない。この一帯は比怒羅の兵隊もうろついているはずで、コンビニから出てきた痩せぎすのホストがスマホを取り出すのを見て、僕たちのことを報告するのではないかと背筋が寒くなる。

雑居ビルの密集地に「イベントスペース　ワースト」と書かれた看板が現れた。その脇に地下に続く階段がある。その中は狂乱の世界だ。ＤＪやイベント目当てに訪ねる者もいるが、客の多くは比怒羅の関係者で、乱闘騒ぎになったり殺傷沙汰が繰り広げられることも珍しくない。

僕と本山は看板を素通りして、横の小道に入った。ワーストのＶＩＰルームは半地下になっていて、裏手から中を覗くことができるという。すでに加藤に電話を入れてから五十分近くが経過している。

店の裏手に回ると半地下のガラス窓が見えた。僕たちは身を屈めてガラス窓から中を覗いた。ＶＩＰルームのソファやテーブルが目に入る。新垣の姿はあるのか。

――いた
床にへたり込み、コンクリートの壁に凭《もた》れている。新垣から少し離れたテーブルでは、見張り役らしき二人の男がトランプゲームに興じている。

「真、頼んだぞ」

　本山が僕にドン・キホーテで買ったロープを手渡した。僕たちの計画はあまりにも即興だった。比怒羅のメンバーに顔を知られている本山が正面から入り、加藤や比怒羅に悪態をついた後、囮《おとり》となって逃げる。その隙に僕が窓を開け、ロープで新垣を救出するというものだった。

「こんなずさんな計画で大丈夫ですか」

「こういうほうがうまくいくんだ」

　本山は僕の肩に手を置いて、立ち上がった。

「見張り役が部屋から出ていかなかったらどうします？」

「お前に任せる」

「って、俺にヒーローになれってことですよね」

　こんなことなら門脇や佐久間を連れてくればよかった。僕一人でガラスを割ってVIPルームに侵入して、二人の見張りを倒し、新垣を救出するなんてマネができるとは思えない。

「もう時間がない。行くぞ」

　本山は僕を残して、ワーストの入口に向かった。

　五分ほど経つと、VIPルームにいた見張りの男がトランプをしている手を止め、顔を見合わせた。中で本山が暴れているのを聞きつけたのだろう。新垣はぐったりしたまま顔を上げようともしない。見張りは立ち上がり、ドアを開けて、外に出ていった。うまくいくもんだなと感心していると、店の入口のほうから怒号が聞こえ、何人かが飛び出してきた。本山が挑発をし、そのまま逃げていったようだ。次は僕の番だ。

胸を叩いて気合いを入れてからスパナでガラスを割り鍵を回した。窓を開けると、壁際の新垣がぼんやりと顔を上げた。その顔に生気が戻る。

「真君」

「優ちゃん、助けにきたよ」

僕は手早くロープをたらした。新垣はよろよろと立ち上がったが、腕は背中側に回ったままだ。ロープのところまでやって来たが、泣き出しそうな顔で言う。

「ダメなの。手を縛られててロープをつかめない」

窓枠から身体を滑らせ、ＶＩＰルームに着地すると、敵地が放つ殺伐とした空気に息が詰まる。だが、じっとしていられる時間はない。僕は新垣の手を縛っているロープを解きにかかった。新垣の服装が乱れているのが少し気になる。

「助けにきてくれたの？」

「とにかく急ごう。今、本山さんが時間を稼いでる」

「ゆうくんが……」

ようやくロープを解くことができ、僕は新垣を急かした。窓際に椅子を運び、その上に新垣を立たせて逃がそうとするものの、小柄な新垣では窓枠に手が届かない。なんとか身体を押し上げようと胴体をつかむがバランスが崩れてうまくいかない。

そのときＶＩＰルームの外でざわめきが聞こえた。複数の足音が近づいてくる。全身を焦燥感が包み込み、僕は渾身の力で新垣を押し上げた。新垣の手が窓枠にかかった。足と尻とを懸命に押す。新垣はゆっくりと身体を持ち上げ始めた。

ＶＩＰルームのドアが開く音がした。振り返る僕の視界に凶悪そうな面構えの男たちが飛び込んでくる。その顔が僕を見るなり凶悪さをむき出しにした。

「なんだ、てめえはぁ！」

三人の男が駆け寄ってきた。このままでは僕だけではなく、新垣もつかまる。新垣はもう少しで窓から出られそうだった。僕は両腕を大きく広げて比怒羅のメンバーにぶつかっていった。思わぬ反撃に比怒羅のメンバーたちの身体が止まる。

「てめえ、ぶち殺すぞ！」

至る所から火のような打撃が加えられる。息が詰まり、身体のあちこちが熱くなるが、力を緩めるわけにはいかない。わずかに首をひねると外に出た新垣の姿を確認することができた。比怒羅のメンバーが、女が逃げたぞ！　と叫ぶのが聞こえた。僕は新垣に声を張り上げる。

「とにかく逃げろ！　逃げてくれ！」

次の瞬間、頭部を激しい衝撃が襲い、視界が大きくぶれた。両脇から身体を支えられ、腹に重いパンチをもらった。胃酸がこみ上げてきてその場で吐いた。汚ねえなあという言葉とともに重い打撃が繰り返される。

グロッキーになった僕の視界に、革靴の足元が見えた。髪をつかまれ正面を向かされると、金髪の男が僕を見据えていた。

「てめえが伊南か」

左の口元には耳まで伸びる深い傷跡がある。加藤だ。

「どうも初めまして」

鳩尾《みぞおち》に一撃をもらい、身体がくの字に折れた。両脇の支えを失ってそのまま床に倒れ込むと、無数のストンピングが降り注ぐ。遠のいていく意識の中で加藤の声が聞こえた気がした。

「ヤサ、変えんぞ」

6

冷たい刺激に目を開けると、マンションの一室だった。水をかけられたのだと思い、されていた。

顔を触ろうとしたが手が動かない。ぎょっとして目を向けるとガムテープで硬く拘束

「起きたか」

目の前に中腰になった加藤がいた。加藤の後ろには黒いパーカーを着込んだ比怒羅のメンバーらしき面々が揃っている。無表情で僕を見つめる様子から荒《すさ》んだ暴力性が伝わってくる。マンションの一室とはいえ、天井には蛍光灯も電球もなく、割れた窓ガラスから月明りが差し込んでいた。

床には角材や鉄骨、倒れた本棚、テーブルなどが散乱し、住居としてはすでに使われていない部屋のようだ。遠くのほうから鳥の鳴く声が聞こえて、辺鄙《へんぴ》な場所にある廃墟マンションかもしれないと思った。

「乙矢に連絡するって話はどうなった？　嘘か」

加藤が押し殺した声で言う。

「見ての通りですよ」

「面白いな、お前」

加藤は後ろで見ているメンバーから特殊警棒を受け取った。勢いよく振り下ろすと、小気味のいい音とともに収納されていた金属の棒が飛び出す。

「お前、完全に死んだぞ」

言うやいなや警棒を叩き付けてきた。容赦のない一撃に、頭の中で火花が散る。打撃は執拗に続き、ドラム缶を蹴るような音が自分の中から聞こえる。そのうちに痛みというよりも硬くて重いものをぶつけられている感覚が強くなってきた。頭だけではなく、顔、肩、腕、腹、耳などいたるところが発熱している。

ふいに産廃の埋め立て地に眠っている曽根が頭をよぎった。比怒羅は遺体を効率よく処理するため、山の中に深い穴を掘る重機を持っていると聞いたことがある。僕も曽根のように殺されるのだろうか。

間断なく続いていた衝撃が止んだ。薄目を開けると、加藤が僕を覗き込んでいる。

「まだ生きてるか」

「一応は」

口を開くとサイコロのようなものが舌に触れた。何本か歯が折れているらしい。吐き出そうにも力がなく、半開きの口から粘度のある血とともに歯の欠片《かけら》が流れていった。

「環連の情報をあらいざらい話せ。そうすれば殺さない」

すがりつきそうになったが、加藤の表情を見て急速に気持ちが冷めていくのを感じた。執拗な打撃を加えていた加藤は荒い息をしている。飛鳥山で乙矢と加藤が闘ったのは十数年前のことだ。それから年月が経ち、乙矢はその頃とは違う姿に変貌した。それに比べて加藤は子どものままだ。自然と含み笑いが溢れた。

「なにがおかしい？　死ぬのが怖くて壊れたか？」

「誰が話すかよ」

「あ？　なに言ってんだ、お前」

加藤は僕の態度が意外なようだった。

「なにも話さないって言ってんだよ」

再び警棒が叩き付けられる。周りの人間は誰も止めない。こういうことに慣れているのだろう。警棒の嵐が止んだ。加藤がじっと僕を見ていた。

「黒ひげ危機一髪すんぞ」

「黒ひげ？」

問いかけると加藤は取り出したナイフを躊躇なく肩に突き立てた。僕は悲鳴を上げた。

「環連の秘密を教えろ。乙矢の泣き所知ってんだろ」

「知らねえって」

「もう一本行くか。今度は飛ぶかな」

太腿に激痛が走った。

「言う気になったか」

「だから知らねえって」

「もう一本だ」

今度は右腕。

「今までで一番耐えたのは五本だ。結局、死んじまったけどな」

僕はここで死ぬのか。激しい焦燥感が破裂した。だが、命乞いをしようとは思わなかった。曽根を売り、母を殺した僕だ。こういう最期が訪れることは分かっていたはずじゃないか。

「さあ、次は飛ぶか」

左腕の筋肉が断裂する痛みが走る。

「乙矢のことを言うか」

僕は口を開けた。聞き取れなかったのか加藤が顔を近づける。

「よく話すのは、その口のせいか」

加藤が目を見開いた。一度、顔を引いてナイフをまじまじと見る。

「記録更新は無理だったな。ハート行くぜ」

金縛りにあったように息が詰まった。やめろ！　絶叫とともに目をつぶる。ナイフの切っ先が心臓に滑り込んでくるまでの時間が永遠に感じる。赤黒い闇に引き込まれそうになっているとスマホの着信音が鳴った。続いて加藤の怒号が響き渡る。

「いいところでジャマするんじゃねえ！」

うっすらと目を開けると、比怒羅のメンバーがためらいがちに言った。

「鳴ってるの加藤さんのじゃないですか」

加藤の動きが止まる。

「俺か？」

ポケットから取り出すと、たしかに鳴っているのは加藤のスマホだった。ディスプレイを見て舌打ちをする。一瞬出ることを逡巡したようだが、加藤はスマホを耳元に持っていった。恨めしそうに僕を見て部屋を出ていく。

部屋に残されたメンバーの中には無表情を崩さない者もいたが、何人かは困惑気味に顔を見合わせている。これから手を貸さなければならない死体処理に頭を悩ませているのかもしれない。生きた心地がしないまま壁に背をつけていた。

遠くのほうから革靴の音が近づいてきた。執行人の加藤が戻ってきたのか。とても加藤を迎える心境にはなれずに顔を伏せていると、聞き覚えのある声がかけられた。

「迎えにきたのは女のはずだったんですがね」

顔を上げると、そこには乙矢が立っていた。その姿を目の当たりにして全身から力が抜けていく。その隣に本山の姿も見え、後ろから苦々しい表情の加藤が現れた。比怒羅のメンバーが、加藤さん、どうしたんですか？　と問いかける。

「上のほうで話がついた」

加藤は吐き捨てるように言った。さっきの電話は刃率会か安食組の幹部クラスからのものだったのだろう。助かった――。僕は放心状態のまま虚空《こくう》に視線を投げていた。

乙矢が加藤を挑発するように話しかけている。

「本当は話がついて安心してるんじゃないか」

「なにがだ」

「俺と構えずにすんでよかったじゃないかということだよ」

眉間《みけん》を中心に加藤の顔に醜い皺が寄った。

「ガキはどうでもいい。いつか必ずお前を殺してやるからな」

「やけにデカイ口を叩く。右のほうも切って大きくしてやろうか」

加藤が唾を吐きかけた。乙矢は身じろぎもせず頬で唾を受けると、表情を変えずに唾を吐き返した。それを加藤は大袈裟な動作で避け、乙矢は加藤を小馬鹿にするように笑った。二人はしばらく視線をぶつけ合い、加藤はケッと吐き捨てて部屋を出ていった。

7

本山の運転する車に揺られて山道を帰っていた。隣に座る乙矢のほうを向くと全身の細胞が軋んでいるのが分かる。

「乙矢さん、ありがとうございました」

「タレントは商品です。損害が出れば私も困りますからね」

どうやって僕のことを助けたのかは聞けなかった。加藤のケツ持ちである刃率会のカシラとの折衝があったはずだ。どんな力、どれぐらいの金が動いたのかを想像するだけで恐ろしい。とにかく僕も新垣も助かったんだ。そう思うと、ようやく安堵感が体を包み込んだ。その途端、ダメージを受けた箇所が激しく痛み始めた。

「すげえ痛いです」

「歯が折れていますよ」

舌で口の中を舐めまわすと、前歯が一本、奥歯が二本欠けている。

「こんなにない。どうしましょう……」

「インプラントすればいいでしょう」

「なんで、そんなに冷静なんですか、それより全身が痛い、めちゃくちゃ痛いです」

もう堪えることができずに視界が白く染まっていった。

数日後、クッキーの詰め合わせを持った本山が僕の病室に見舞いに訪れた。

「俺、そんなの食えないっすよ」

「そうか、歯がやられてたな」

本山は冷蔵庫の上に土産を置いてベッド脇の丸椅子に座った。

「歯だけじゃなくて全部ですよ、全部」

全身を包帯でぐるぐる巻きにされて足はギプスで固定されている。頬骨、眼窩底《がんかてい》、鎖骨、肋骨、脛骨《けいこつ》の骨折に全身打撲、ナイフの創傷《そうしょう》も深く合計で三十針は縫った。鎮痛剤を入れているとはいえ、少しでも身体を動かすと激痛が走る。

「本当に真には感謝するよ」

本山が何度目か分からない礼を言ったところでドアが開き、門脇と佐久間が現れた。枕元まで来て僕を覗き込む。門脇がやけに凛々しい顔付きをしていると思ったが、今度は顎を削ったようだ。

「お前も無茶するなあ」

「おかげさまで」

「昔のことを思い出して血が熱くなった。誰か殴りてえな」

門脇の言葉に佐久間が首を引っ込めた。

「わー、賑やかだね」

ドアが開き、今度はユリカと新垣が入ってきた。門脇が場所を譲ると、新垣は僕の枕元に立って左手を握った。打撲した指が痛んだが、離してくれとは言えなかった。

「ありがとう、真君」

当たり前のことをしただけと言いたかったが、指の激痛のせいで言葉が出ない。本山は新垣を温かい目で見守りながら言った。

「こいつ、自分で説明したいって言って来たんだ。聞いてやってくれよ」

新垣は半年ほど前、クラブで一人で遊んでいるときにマリファナの成分を圧縮したオイルを吸引するためのベープを携帯していた。トイレの中で一服してから外に出ると、人にぶつかってベープを落としてしまったという。ヤバいと思いすぐに拾おうとしたが、目の前で拾い上げたのは若い男だった。

すぐに取り返そうとしたものの、男は、ちょっと見るよと言い、ベープの匂いを嗅いだ。新垣はヤクザかチンピラだと思ったが、相手はもっと悪かった。マトリの捜査官だったのだ。

クラブに刑事が潜入捜査をすることもあるが、音ノリのリズムが悪かったり、妙に筋肉質の身体付きだったりしてジャンキーたちも警戒する。刑事が来ているといった伝令が回ることもある。だが、新垣いわく、マトリの捜査官はクラブ遊びをしている連中と見分けがつかなかったという。外に連れ出された新垣は正体を告げられ、この件を見逃す代わりに環状連合の捜査に協力しろと迫られた。

その後は僕と本山が推測した通りだった。新垣はHEADZの調査を命じられたが、僕たちの所業を明かすことはせず、捜査官に怪しまれていった。そこでなんらかの手柄をあげようと考え、ワーストの中で行なわれている覚醒剤売買の証拠を収めようと盗撮をしたということだった。

「私のせいでこんな目に遭ってごめんね」

新垣はいつの間にか号泣していた。

「ホントにありがとう。私助かったよ」

更に強く手を握られ、僕は激痛にもだえた。雰囲気を変えようと佐久間があっけらかんとした口調で言った。

「ま、今回はよかったから、今度みんなで優の島に遊びにいこうぜ。そこで恩人の真を接待してやれよ」

「接待っていうのが佐久間っぽくてやらしいわ」

「なんだよ、普通の言葉だろ」

やり合う佐久間と本山をよそにユリカが旅行の計画に賛同した。

「でも、みんなで行ったら楽しそうだね」

「でしょ。で、乙矢は誘う?」

佐久間の言葉にみんな一斉に首をひねった。門脇が言う。

「あいつは青い海が似合わなそうだ」

今度は全員で頷いた。その後、日程や観光スポットなどの具体的な話が出るようになり、新垣は故郷のことを楽しそうに話している。僕はその姿を見て、今回は痛い目に遭った甲斐があったと思った。流れちゃったらイヤだから具体的に決めようと本山が言い、僕たちは二ヶ月後の旅行の計画を立てた。

しかし、この旅行が実現することはなかった。旅行の一週間前に新垣はビルの屋上から飛び降りて死んだ。

その一週間前、インターネットに新垣の輪姦《りんかん》動画が流れた。あっという間にその動画は広まり、再生回数は数日で三百万回を超えた。僕たちが助けにいったとき、すでにすべては終わっていたのだ。流出したのは、比怒羅のメンバーがスマホで撮影した動画だった。

新垣の部屋に遺書と断定されるものは残っていなかったが、「もう島にも帰れない」という走り書きが残されていた。

内紛

1

ユリカを後ろから犯している。ユリカをうつぶせに寝かせ、足を閉じさせ、きつくなった女性器にねじ込んでいる。僕はユリカの細い背中に手を添えて、蹲踞《そんきょ》の姿勢になり、男性器でユリカをこじ開けるように何度も何度も突いている。ユリカはその度に甲高い声を上げ、気持ちいい気持ちいいと絶叫する。

「気持ちいいです、だろ」

僕の言葉に反応し、語尾が敬語に変わる。僕はユリカにのしかかり、後ろから身体を密着させる。腕をユリカの胸に回し、思い切りキツく抱く。ユリカは身体をゆすって逃げようとするが僕は離さない。先ほどより激しく責めてやる。

「やめてー、やめてー」

嬌声《きょうせい》を上げるユリカの耳元で囁く。

「ホントは犯されて感じてるんだろ」

「違う違う」

「嘘を言うな。お前は犯されて感じる、はしたない女なんだよ」

「私、はしたない？　はしたない？」

「ああ、お前は悪い子だ」

　厳格な家庭で育てられたユリカは、小さな頃から厳しいしつけを受けていた。そのためか責め立てるようにすると激しく感じるのだった。

「ほら、言ってみろよ。自分は犯されて感じるって」

　しばらく抵抗するが、それもプレイだ。ユリカはあえて言葉を詰まらせながら口にする。

「わた、わたしは、おか、おかされて感じる女です」

「犯されて感じる変態だろ」

　僕の言葉にユリカはスイッチが入った。

「変態です、私、私は変態です！」

　僕もにわかに興奮を覚え、思い切り腰をユリカに打ちつけた。ユリカは徐々に獣じみた声を上げるようになる。僕が命じるままに卑猥な言葉を口にする。イク、イクと喘ぎ始めたので、大きい声でイケよと言ってからスパートをかけると、ユリカは牛蛙《うしがえる》のようにつぶれた声を上げて身体を痙攣《けいれん》させた。ユリカはその後、七、八回、歓喜の長い声を上げ続けた。

　僕は性器を抜き、ユリカの隣に横たわる。射精に至っていない僕のものはまだ屹立しているが、ユリカは歓喜の世界からなかなか帰ってこない。煙草に火をつけて煙を吐き出すと、ユリカは荒い呼吸のまま身体をすり寄せてくる。僕はあいているほうの手でユリカの頭を撫でてやる。ユリカが甘い言葉をかけてくるが、面倒なのでまともには答えない。

「そういや、お前のパパの会社つぶれたな」

「パパじゃないよ。いろいろ買ってもらっただけ」

「ま、いいけどな」

一時期足しげくAQUAに通っていた社長の会社はつぶれた。その人材派遣会社で働いていた昔の女は、倒産前に退職してかつての親友と結婚し、今は子どももいるという風の噂を聞いていた。

「真の仕事は順調？」

「うまくいってるよ」

怖いぐらい順調だった。僕は詐欺からは手を引き、エスコーポレーションの管理は社員の足立に任せている。エスコーポレーションは税務署に目をつけられ、三、四年に一度調査が入るようになったので、ロンダリングの仕事は手控えるようになった。

代わりに僕は、探偵会社を立ち上げた。探偵会社は便利だ。ありもしない仕事を計上したり、必要な経費を水増ししたりして、決算を自在に操ることができる。税務署に対しては、依頼者の秘密を守るために個人情報を破棄していると報告できるし、金も依頼者から直接持ち込まれた体《てい》にすれば、通帳から入金を探られることもない。ロンダリングの装置としては最高だった。

　実際の探偵業務も行っているが、それ以外に工作仕事を引き受けていた。若い女工作員を満員電車でターゲットに密着させる。それを何日も繰り返し、色目を使えば、いつかターゲットの手が動く。その手を捕まえ、痴漢だとして示談金をふんだくるのだ。他にも調査の過程で工作に回したほうがいいと判断した案件については積極的に強請《ゆす》りを行った。落としどころの金額を提示してやれば、相手はむしろ感謝して金を払う。

「だけど、どんどん心が冷めていくよな」

　先日、久し振りに電車に乗った。先頭車両にいた僕の目の前で、中年男性がホームから線路に飛び降りた。急制動をかけた電車はレールを擦る重苦しい音を立てながら進んでいき、ドンという鈍い衝撃があった。

　乗客の女は悲鳴を上げ、運転手は青い顔をしている。ホームでもそのシーンを直視したのか、口元を押さえ膝をつく女がいた。騒然とする現場の中で僕が思ったのは、めんどくせえなというものだった。

「早くドアが開かねえかなと思ってたよ」

「それって病んでるね」

「病んでるほうが正常な世の中に思えてきたよ」

そんなこと言わないでとユリカが身体を巻き付けてきた。ユリカの腿が僕のものに当たる。先程の摩擦熱をまだ失ってはいなかった。ユリカははにかむように笑い、僕のものに手を伸ばしてきた。こういう貪欲なところは嫌いじゃない。

2

十番のAQUAにみな揃っていた。壁際の席に座る乙矢はあいかわらず冷めた表情だが、門脇と佐久間は殺気立っている。

「あのニュースなんだよ」

佐久間が珍しく門脇に噛み付いた。あのニュースというのはプロレスラー監禁事件のことだ。門脇の昔の女にクラブで声をかけたプロレスラーを門脇が咎《とが》め、複数人でリンチした。その後、仲間のマンションで二日間にわたって監禁し、示談金という名目で三百万円を取得した。

この事件は後々になって、クラブでプロレスラーが因縁をつけられていたと話題になり、ネット上で情報が飛び交っていた。ネットに流布している情報の中には嘘も多いが、本物も混ざっている。どの業界にも口の軽い事情通はいるものだ。

この事件が切っ掛けになって、警察に対する、半グレ集団を野放しにするなというマスコミからの突き上げがあり、僕たちに対する監視の目は一層強くなった。

「お前には関係ねえだろ」

門脇が語気を強めて言い返した。しかし、今回は佐久間も引かない。

「お前も分かってるだろ。目立てば不良のようにつぶされるだけだ」

門脇は顔をしかめた。こういうときに仲裁に入った本山の姿はもうない。本山は新垣が自殺をした後、ＡＱＵＡにもＨＥＡＤＺにも顔を見せなくなった。自分が手がけるブランドは順調とは言えないものの、なんとか食べていくことはできているらしい。

本山だけではない。まともな会社に就職をしたり、結婚をしたり、子どもができたり、メンバーの暴走についていけなくなったり、警察の監視に音を上げたりと、この数年でかなりの数のメンバーが抜けた。僕は先程から口をつぐんでいる乙矢に聞いた。

「乙矢さんはこれからの環状連合をどう考えてます？」

「今までと同じです。協力しながらやっていけばいい」

乙矢は最近、以前にも増して冷めたというか、覇気がなくなった。このことはグループの中でも話題になっていて、乙矢がしっかりしないのも環状連合の弱体化につながっているという批判も聞こえるようになった。佐久間とやり合っていた門脇が話に割り込んできた。

「お前のそういう態度が困るんだよ」

自分から矛先を逸らそうとしているようにしか見えない。

「じゃあ、どうすればいいんです？　なにかいい案がありますか」

「とにかくデコが強過ぎるんだ。もう少し押さえ込むべきだな」

「国家権力に逆らうのは地球に喧嘩を売るようなものでしょう」

「腰抜けが。なにワケのわからねえこと言ってやがる」

「門脇君」

「なんだよ」

「韓国から帰ってきたら、また綺麗な顔になりましたね」

数年前から整形にこっている門脇の目はパッチリとした二重になっていた。僕は気持ち悪いと思うし、周りからもそういう声しか聞こえてこない。門脇の耳にも悪評は届いているはずで、だからこそよりよい顔に近づけなければならないと焦り、更に手を入れ、ちぐはぐな顔になっていく。

門脇は離れた席から見ても音が聞こえるぐらい見事な歯軋りをした。

3

僕を行きつけの日本料理屋の個室に呼び出した門脇は、僕のお猪口《ちょこ》に日本酒をついだ。僕がつぎ返すと、互いに持ち上げて一気に煽る。酒臭い息を吐き出して門脇が、うまいなあと言い、はいと頷く僕。用件は分かっているため早く時間が過ぎてくれないかなと思っている。門脇は次の一杯も一口で飲み干すと、早々に切り出してきた。

「最近の乙矢はよくないいな」

「そうですか」

「やる気が感じられねえよ。このままじゃ、俺たちも干される一方だぜ」

乙矢がなんのシノギをしているのか、肝心なところは分からない。だが、乙矢は金に困っている様子もないし、現状にあがいているふうにも見えない。僕は適当に相槌を打った。

「なあ、あいつには引退してもらわないか。あいつの席があけばお前が座ればいい」

門脇は作り笑いを浮かべて言った。笑うと整形したパーツのバランスが崩れて、より一層ひどい顔になる。もう最初に会ったときの顔がどんなだったか忘れてしまった。

「僕にはそんなこと考えられませんよ」

「お前は乙矢の直系の後輩みたいなものだからな、そう言うのは分かる。だが、このままじゃ、あいつはうちのガンになるぜ」

あんたのほうがいらないんだよ。刃率会の盃を受けている門脇はそのことで身動きが取れなくなっている。環状連合で最も目をつけられているのは不良のあんただ。そのことに気付いていない門脇は焼きが回っているとしか言いようがない。

「僕にとっては尊敬する先輩ですから」

「義理も大事だが、組織も大事だぞ。あんな冷めたやつが上にいるっていうのがおかしいんだ」

何年か前まで乙矢と門脇は横並びなはずだった。だが、シノギがうまくいかず、ドン・キホーテで買った偽物の札束をキャバクラでちらつかせている門脇と乙矢では天と地ほどの差がついてしまった。門脇の話自体に興味はないが、今の言葉は僕の関心をくすぐった。

「乙矢さんってなんであんなに冷めてるんですか」

飛鳥山戦争で加藤と死闘を繰り広げたときとは別人だろうし、以前にも増して冷めているように感じる。一体なにが乙矢を変えたのだろうか。僕の質問に門脇は口をつぐみ、言いにくそうに話し出した。

「死んだんだよ。ガキが目の前で」

乙矢は十年ほど前に結婚し、子どもにも恵まれていたという。僕には初耳の話だった。

「そのガキが一歳半ぐらいのときだな、乙矢が目を離した隙に窓枠を乗り越えて下に落ちて死んだ。あいつは離れた場所から落ちていくところを見ていたんだと。必死に駆け寄ったが、その手に子どもをつかめなかった」

　結局、子どもの死が原因で乙矢は離婚し、独り身になった。しばらくは普段通りに振る舞っていたが、それから一、二年が過ぎた頃にはすっかり現在のように落ち着いた雰囲気になっていたという。その話を聞いて僕には思い当たるものがあった。
　四、五年前から真冬の時期に、乙矢を川崎のほうの墓地に車で送っていた。なんの墓参りなのかは聞かなかったが、毎年その行為は続いた。あれは子どもの墓参りだったのだ。
「僕にはやっぱり乙矢さんを外すなんてことはできません」

「そういう空気じゃなくなっちまったな」

　僕の言いたいことはまるで伝わっていない。僕は頬を緩めた。

「門脇さんもやめたほうがいいですよ。きっとできないですから」

「俺のほうが下だっていうのか」

　僕はあえて黙った。

　数秒が過ぎた。

　門脇の眉間が細かく痙攣した。

「ムカつくな、お前。乙矢の犬のくせしやがって」

「そんな綺麗な目で見ないでくださいよ」

　門脇はテーブルの上のものを勢いよくなぎ払った。派手な音とともに食器が散乱したが、僕の心はぴくりとも動かなかった。

4

門脇には乙矢に弓を引くつもりはないと言ったものの、僕は僕で乙矢のことが気になっていた。昔のような輝きは失われ、仙人のように枯れた言動が目に付くようになった。それも一種の成熟かもしれないが、乙矢はまだ三十五、六歳だ。そんな年で達観してどうするんだという思いがある。

門脇に聞いた子どもの話がすべての原因とも思えなかった。子どもの死や離婚はたしかにショックだろうが、そのことだけをいつまでも引きずるタイプには思えない。

僕は腕利きの三人の探偵を呼び出し、小遣いだと言って百万円ずつを投げた。これは、と表情を変えずに聞き返す探偵に告げる。

「先輩の行動を追ってくれ」

探偵たちは乙矢の素性を知らない。もし知っていれば恐怖心から調査に臨んでくれない可能性もあった。僕は乙矢の名前を伏せ、先輩とだけ伝えた。それ以上聞くことなく、彼らは金を納めた。彼らからもたらされた調査報告によって、乙矢がつまらない人間だと分かったらどうするか。僕は決めていた。

そのときは自分がやってしまおう。門脇の意思などとは関係ない。これはあくまで僕自身の問題だ。この世界に入ってからさまざまなものを失った。親友、彼女、母親、仲間。その代わりに得たものは、使い切れない金と、見せかけの仲間、自分に擦り寄ってくる人間、あとは諦めだけだ。

何度も何度も平たくなった感情がもう動き出すことはない。感情は鉛のように重くなり、たまに思い出したようにヒクつくことがあるだけだった。

だが、乙矢は別だ。

乙矢をハメることを考えると、その重く固まった感情の海が波打つのが分かった。胸がざわめき、新たな刺激を求めている。乙矢をハメたら、それはゾクゾクできることとなんじゃないか。僕はそれを味わってみたかった。

次々に探偵から情報が上がってきた。だが、それは想像以上につまらなく、想像以上に僕を困惑させるものだった。一人の探偵の行動確認のレポートを手に取った。

12：14　家を出る
12：32　麻布のレストラン「ヒロ」で食事
13：40　レストランを出る
13：45　六本木ＴＳＵＴＡＹＡに入り、書籍を見る。洋書を2冊購入

14：36　会員制スポーツクラブ「フィットライン」に入り、プールで泳ぐ
18：05　スポーツクラブを出る
18：15　喫茶店タリーズで洋書を読みながら過ごす
20：08　青山のレストラン「マルグリット」に行き、女性と会食
22：20　バー「アカシア」に移動
24：50　バーから出て、女性をタクシーに乗せ見送った後、自らもタクシーに乗車
25：15　帰宅
26：38　消灯

まるで優雅な隠居生活を送っているかのようだった。この日は女と会っているものの、ホテルに行くわけでも家に連れ込むわけでもなく、おとなしく帰している。この日が特別なのかと思ったが、似たり寄ったりの行動を繰り返していた。

たまに千木良らしきヤクザや裏社会の住人と会合をしても、決して深酒はしない。ドラッグもやらず、クラブにも行かず、いつの間にか煙草もやめ、いわゆる健康的な暮らしだった。

プールに行く頻度はやけに高く、週に三日は顔を出している。しかも一度プールに行くと、たっぷり三、四時間は泳ぐ。会員になって乙矢の行動を間近で見た探偵によると、

競泳の選手のような綺麗なフォームで泳ぐらしい。腹の傷について確認してくれと指示を出すと、飛鳥山戦争で加藤にえぐられ、腎臓を失ったときの傷はたしかにあった。

僕は乙矢の行動に首をかしげた。自分も冷めているほうだが、乙矢はずっと上を行っている。これではなんのために生きているのか分からない。直接聞いてみることにした。

僕は相談に乗ってほしいことがあると言って乙矢を呼び出し、女がらみの相談をした。乙矢は真意を見透かしたような顔で僕の話を聞いていた。最近生きていてもあまり面白くないと前置きしてから、僕は乙矢に尋ねた。

「乙矢さんは生きてて楽しいですか？」

「楽しくはないですね」

乙矢は即答した。

「欲しいものとかあったりします？」

「特には」

「金は？」

「もういいです」

「女は？」

「飽きましたね」

「ネタも同じですよね」

「ええ」

「なにか生きてる目標ってあるんですか？　あったら参考に聞きたいんですけど」

乙矢の過去に触れることができるかもしれないという狙いもあったが、僕自身切実な問いでもあった。僕も今口にしたことに対して興味を失い始めている。

「最近プールにハマっているんです。プールはいいですよ」

あえて驚いた顔をした。

「乙矢さんがプールなんてイメージないんですけど」

「スクロール数をどれだけ少なくできるか、それが唯一の楽しみですね」

乙矢はしきりに真君にも似合うと勧めてきた。僕が乗り気でないと分かると、乙矢は問い返してきた。

「君は死んだらどうなると思いますか？」

突然の質問だったが、遠いところでつながっている気がした。

「無じゃないですか」

「私は違うと思います。還《かえ》るんですよ」

「どこにですか？」

「すべては借り物なんです。借り物からそのものの形が作られている。私も雲も石やテーブルなどの無機物もすべて同じなんです」

「よく分かりません」

乙矢の目玉はやはり空洞だった。そこから言葉が漏れてくる。

「宇宙が全部で1だとすると、私たちはそこから少しずつを借りているんです。だから終わったら、借りていたものをその1に還す。そして長い年月をかけたら、私はその1の中からまた別のなにかの一部になるでしょう」

「生まれ変わりというやつですか」

「そんなに高尚なものではありません。私はもう無い。しかし、私の一部だったものが、なにかの一部になるということです」

乙矢の目がじっと僕を見ている。その虚《うつ》ろな眼差しは、君もいつかはこうなるぞと語りかけてくるようだった。乙矢の世界に引きずり込まれるのが怖くなった。

「もうやめましょう。こういうのは苦手です」

僕が言うと、乙矢の目に通常の光が戻った。

「また話したくなったら言ってください。私は君とこういう話がしたいんです」

5

夜、エスコーポレーションを任せている足立から電話があった。捕まえたから来てくれという。信じがたい思いで足を運ぶと、足立の友人の家に松井の姿があった。

松井は三年前、僕が詐欺組織を運営していたとき、ひとつのグループを仕切らせていた男だ。だが松井は僕が留置場に拘束されている間に名簿とノウハウを持って逃げた。その後、僕は環状連合の関係者や足立など数人の近しい人間に、松井の顔写真を添付した「こいつを見つけたら百万円」という懸賞LINEを流した。ずいぶんと時間が経っても情報が集まらないので、東京からはすでに離れていると思っていた。

松井は僕が部屋に入ってくるなり、すいませんと言おうとしたらしかった。だが、タオルを噛ませられているため声が聞こえない。うーうーと低いうなり声を発している。僕を見るだけでこんな反応をするとは、足立はかなり乱暴なやり方で松井を拘束したようだ。松井の髪は乱れ、顔には殴られたときの傷があった。

「どこにいた?」

僕の問いに足立は誇らしげに答える。

「パチ屋です」

「どうやって捕まえた?」

「何万か勝って調子に乗って帰るところを襲いました」

部屋にいる二、三人のガキが調子を合わせて笑った。頭に来る。

「拉致《らち》ったのか」

「はい」

三白眼で足立は答える。自分が悪党にでもなったと勘違いしているその顔も頭に来る。エスコーポレーションがロンダリングをやっていると告げたとき、慌てふためいたのとは大違いだ。裏のシノギがこいつには悪い方向に働いた。そろそろおもちゃを取り上げなければならないかもしれない。

僕は嫌気が差して松井のほうを見た。椅子にロープで縛り付けられ動くことはできないが、亀のように伸ばした首を横に振り、無実のアピールをしてくる。ますます胸糞が悪くなる。

「こいつが何をしたか知ってるか？」

「真さんを売ったんですよね」

「そうだ」

僕が言うと、松井は更に激しく首を動かした。自分ではないと主張しているようだった。だが、そんなことは関係がない。

「こいつのせいで俺はパクられた。実刑が出なかったのがこいつの誤算だろうよ。その上、こいつはグループの名簿と役者を連れてバックレやがった」

違う違うと首を振る。僕は足立に聞いた。

「この部屋、うるさくしてもいいか」

足立が部屋の主に聞くと、少しぐらいならと答えた。

おそらく駄目だ。調子に乗って答えている。

「音楽流せ」

部屋の主が恐縮して言う。

「なにがいいですか」

「お前が聞いてるやつでいい」

僕が言うと、部屋の主は慌ててスマホの音楽アプリを立ち上げている。もう一人の男に、なんでもいいから刃物を持ってこいと言うと、男は台所に向かった。そうしている間にスピーカーから、ハードコアかつ情感に満ちた熊谷《くまがや》のヒップホップクルーの曲が流れ始めた。いい趣味をしている。僕は上機嫌になった。

台所から戻ってきた男から包丁を受け取る。

それを松井に突き付けた。

「今からタオルを取る。だが、叫んだら分かるな」

松井の目が僕の顔と包丁とをせわしなく往復している。

「分かったか？　分かったら頷け」

僕が言うと、松井は大きく一回頷いた。取ってやれ、と命じると足立がタオルを口から外した。松井は周囲をうかがい、自分の声の大きさを気にしながら弁解を始めた。

「マ、マ、マナブさん、すいません。でも、マナブさんを売ったのは僕じゃないです。僕はマナブさんのこと待ってて、でもずっと帰ってこないから、このままじゃみんな捕まると思って、それであそこをたたみました。その後も何度も連絡したんですけど、連絡通じなくて、それで、あの、すいません」

「こいつは嘘を言っている」

僕は足立に命じて再びタオルを噛ませた。その動作がやけにきびきびとしていて頭に来る。タオルをくわえさせられた松井の顔がひどくゆがんだ。包丁の切っ先を頬に当てる。

「俺の知り合いで口が裂けてるやつがいるんだ。そいつみたいにしてやろうか」

松井は小刻みに首を横に振った。

「ハンバーガーが一口で食べられるようになるぞ」

僕の言葉に足立たちは声を立てて笑った。

「嫌ならしっかり話すんだ。自分がやったと認めればいい」

僕はそう言い、足立に顔を向けた。

「足立、こいつが話したくなるようにしてやれ」

足立は一瞬顔を強張らせたが、その顔に残忍な影が落ちた。

「分かりました」

僕が一歩後ろに下がり、足立が一歩前に出た。

6

松井の顔は腫れ上がり、くわえたタオルは真っ赤に染まっている。だが、松井は一向に口を割らなかった。ある程度痛めつけると足立はタオルを取り、松井に尋ねるのだが、松井は自分はやっていないと言い張っている。エスカレートする暴力は足立の苛立ちを反映しているだけだ。

「もういい」

僕が言うと、足立は懇願するように言った。

「もう少しやらせてください」

「お前じゃ無理だ」

「今度はもっとがんばります」

「どうがんばるんだ」

「吐かせます」

「だからどうやって」

「指一本ずつ落とします」

　この言葉に松井は慄《おのの》いたが、僕は呆れ果てた。

「そこまでやったら殺すしかねえだろ。このメンツで処理できんのか」

　僕は見回した。この状況に入れ込んでいるのは足立のみで、あとの二人はまずいことに首を突っ込んでしまったと腰が引けている。

「俺がやる」

　僕は部屋の主に、目隠しになるものを持ってこいと言った。タオルでいいですかと聞かれたので、色つきにしろと答える。僕の手に焦げ茶色のタオルが渡された。そのタオルで松井の目を覆う。

「話したくなったら大きく二回頷けよ」

　僕の言葉に松井は首を振って抵抗した。視界が奪われて途端に不安になったらしい。僕はポケットからジッポーライターを取り出して、蓋《ふた》を開けた。小気味のいい金属音が響く。

　着火したジッポーを松井の耳に近づけると、髪の毛が燃える嫌な臭いがした。松井が身体を震わせる。僕はジッポーの蓋を閉じた。数秒待ってから再びジッポーの蓋を開け、今度は火傷をしない程度に逆の耳に近づけた。松井は大きくうめき、僕は蓋を閉じた。

　また時間を空けてから蓋を開けた。今度は火を近づけなかった。たっぷり間を持たせてから蓋を閉じる。蓋を開ける。火で耳をあぶる。蓋を閉じる。蓋を開ける。蓋を閉じる。何べんもそれを繰り返した。すると松井は蓋を開けるだけで身体を痙攣させ、過剰に怯えるようになった。

蓋を開ける。

火の温度が伝わる位置までライターを近づける。

蓋を閉じる。

仕上げにたっぷり一分ほど待ってから蓋を開けた。

松井は身体を大きく仰け反らせたかと思うと、何度も激しく頷いた。首がもげてしまいそうだ。僕はジッポーの蓋を閉じて聞いた。

「白状する気になったか」

何度も何度も頷く。

口に噛ませていたタオルを取ると、松井はわっと吐き出すように言った。

「俺がやりました！　マナブさんのことを警察に売ったのも俺です。全部俺です。その後、全部持って逃げたのも俺です。すいません、すいませんでしたっ！」

鼻水と唾が飛び散った。足立が松井に歩み寄り、自分が吐かせられなかった鬱憤《うっぷん》をぶつける。

「やっぱりてめえがやったんじゃねえか」

お前は黙っていろと足立を一喝してから、説いて聞かせるように松井に言った。

「よく白状したな。じゃあ、自分がこれからどうなるか分かるな」

「すいません、すいません、すいません」

「すいませんじゃねえよ」

松井はそれしか能がなくなってしまったように謝罪を繰り返している。

「足立、こいつを黙らせろ」

「どうやって」

「いいからとにかく黙らせろ」

僕が言うと、足立は同じ台詞を繰り返している松井の顎に右ストレートを見舞った。松井の顔が跳ね上がり、その後がっくりと前に落ちた。足立は僕の反応をうかがうように言う。

「こいつ、これからどうします？」

その声にはまさか殺すんじゃないよなという怯えが含まれていた。

「適当にどこかに捨ててこい」

足立は意外そうな顔をした。

「解放しちゃうんですか」

「もうふざけた真似はしないだろう」

「でも、こいつが真さんを売ったんですよね」

「そいつじゃないんだ」

足立が唖然《あぜん》とした顔になる。

「いいから捨てておけ。俺はもう帰るぞ」

時計を見ると、この部屋で二時間近くも過ごしていた。くだらないことに時間を使ってしまった。後ろから呼びかける声を振り切るように僕は部屋を出た。

7

揺り起こされた。ユリカが心配そうに見つめている。

「大丈夫？」

「なにが？」

「うなされてたよ」

首筋に手をやると汗をかいていた。

「怖い夢でも見たの？」

今見た夢は頭からほとんど抜けていた。わずかにつかめたのは、自分がなにか灰色の巨大な化け物に追い回されるイメージだった。追いかける夢はほとんどないが、追われる夢はよく見るようになった。

「ユリカはよく夢を見るのか?」

「見るよ」

「どんな夢なんだ」

「カラーの夢が多いかな。この間、真が出てきた。真は私の夢を見ることはないの?」

記憶を探ったが一度もないようだった。その通りに答えると、ユリカは、私ばかりズルい、真も少しは見てよねと言った。夢の話で熱くはなれない。僕は答えなかった。言葉を間違えたと思ったのか、ユリカはベッドから立ち上がり、コップに水を入れてきた。いる?　と聞かれたので一口もらう。コップをテーブルに置き、再び布団に潜り込んできた。

「最近、みんな元気?　乙矢さんとか、門脇さんとか」

「ダメだよな」

「ダメってどういうこと?」

「乙矢さんも退屈だし、もう環状連も終わりじゃねえかな」

「そんなこと言ったらマズイんじゃない?」

「マズくなんかねえよ。もうつまらねえんだよ、全部が」

「また悪い癖が始まったんじゃない」

「つまらない病か、これは俺の癖みたいなもんだ」

「みんなで楽しくやっていけばいいじゃない」

「門脇は苛ついてるし、佐久間はパッとしないし、デコの包囲網も進んでるし、昔みたいにはいかないよ」

「そんな話面白くない」

「面白くないのが本当なんだよ」

たまに街を歩いていて思う。人が多いところのほうがいい。ゴミゴミしている雑踏を歩いているとき、この無数の人間たちは百年後には全員死んでいて誰もいないんだと思う。すると鬱屈とした重苦しさから解放され、一気に視界が開けた気がするのだった。

ユリカはもう話しかけてこなかった。

8

いつになく門脇は上機嫌だった。僕や乙矢、佐久間の他にユリカの姿もある。佐久間と門脇は二、三人の取り巻きを連れてきていたが、薄い人間がいくら増えたところで部屋の密度が上がるわけではない。僕たちはグループにとって重要な話があると門脇に緊急招集をかけられ、ＡＱＵＡに集まっていた。

門脇は突然、全員に酒を奢《おご》ると言った。珍しい事態にバーテンも不思議そうな顔をしている。

「真、最近はどうだ？」

「この間会ったばかりですよ」

「そうだったな」

門脇は妙なテンションで話し続ける。しかし、くだらないことばかり言っていて核心に触れようとしない。自分が連れてきた子分と下品に笑い合っているだけだ。それはこの場の雰囲気を楽しんでいるようでもあった。門脇が新しいグラスビールを頼んだところで、佐久間がじれたように言った。

「今日はなんの用で呼び出したんだよ」

「まあまあ、もう少しゆっくりしようじゃないか」

「俺たちだって忙しいんだ。よく分かんねえなあ」

門脇の頬に浮かんでいる笑みは飾りではなく、ポーカーで良いカードを手にしたときのような余裕が感じられる。どんなカードを伏せているのか。あえて突っ込むことでもないと思い、僕は黙っていた。

しばらくすると門脇はぐびぐびとビールを飲み干し、あらたまったようにテーブルに両手をついた。

「今日は今後のグループ運営について話そうと思っている」

この発想自体がズレている。環状連合は、数人の主要ＯＢが独自のシノギを行い人脈を築いている。関係者は多いが、何十人、何百人が一度に動くものではない。刃率会にゲソをつけている門脇だからピント外れのことを言い出すのだ。僕はすでに退屈になり始めていた。

「最近、グループの規律を乱す者がいる」

門脇は乙矢にちらりと目をやり、次に僕を見て口角を上げた。いよいよ正面切って乙矢とぶつかるつもりなのか。

「見過ごすことができない大きな問題があった。今日はそれを糾弾《きゅうだん》するためにこの場を開いた」

それにしてもじれったい。早く話を進めろと思っていると、門脇がユリカを呼んだ。

「おい、持ってきてくれ」

自分の女を呼ぶときのような口調に驚き、僕はユリカを見た。ユリカは僕には目もくれず、門脇のもとに向かっていく。門脇の肩に手を置いたユリカが僕に向かって艶《なま》めかしい笑みを浮かべた。そしてジャケットのポケットからＩＣレコーダーを取り出し、門脇に渡した。

店にいる全員が意外な展開に目を見張っている。

門脇がICレコーダーを高々と掲げた。

「この中にその問題が入っている」

佐久間が僕と門脇の顔を交互に見た。窓際のソファに座っていた乙矢もわずかに身を乗り出した。門脇がICレコーダーの再生ボタンを押すと、ユリカの声が流れ始めた。

——最近、みんな元気？　乙矢さんとか、門脇さんとか

次に聞こえたのは、ダメだよなという僕の声だった。僕はユリカに顔を向けた。この間、ユリカと交わした会話だ。その後、レコーダーの中の僕はユリカに誘導されるように、環状連合やOBのことを悪く言い始めた。

この会話だけではなく、後日ユリカと交わしたものが続けて流れた。これはもっとひどく、僕が環状連合OBをつまらないやつだとこきおろし、もうグループに未来はないと吐き捨てているものだった。

門脇の表情に醜い笑みが広がっていく。それは僕に向かって、お前は終わりだと告げているようだった。再生が終わると、佐久間が口を尖らせた。

「真、お前、なに言ってんだよ！」

佐久間の取り巻きたちも殺気立った様子で僕を睨んでいる。僕が口答えをせずに黙っ

ているど門脇が場の空気を締め上げるように言った。

「真、俺たちに不満があるのか」

門脇の取り巻きが険《けわ》しい顔を作って、文句があるならはっきりしろと叫んだ。門脇は先日、乙矢を引き摺り下ろそうと持ちかけてきたときの僕の態度を腹に据えかね、まずは僕をつぶしにきたのだ。門脇と佐久間が僕を責め立てる声が店内に響く。

乙矢の反応が気になり目をやると、乙矢だけは微動だにせず、口元には微笑さえ浮かんでいる。その余裕に満ちた様子に僕は肝を冷やした。

「言い訳があるなら言えよ。聞いてやるから」

門脇は勝ち誇ったように言った。僕が許しを乞うとでも思っているらしい。

「この中にもっと問題な人がいると思いますよ」

僕の言葉に門脇は顔をしかめた。

「どういうことだ?」

僕はブリーフケースの中から紙の束を取り出して、机の上に投げた。

「うちの探偵の調査報告です」

門脇が怪訝そうな顔付きで手に取った。佐久間や取り巻きたちも覗き込む。なんだこりゃあ、と佐久間が声を上げた。

門脇が自分を陥れる画策をしていると察知した僕は手を打っておいた。

門脇の周辺を探偵に探らせると、舎弟分である刃率会の組員を使って佐久間が経営しているレンタル携帯会社にいちゃもんをつけている行動を確認することができた。調査を続行し、門脇の舎弟が恐喝のために佐久間の会社に乗り込んでいるところを撮影した。

レンタル携帯はその名の通り、レンタル携帯会社が顧客に携帯を貸すものであり、それ自体は違法ではない。利用者がきちんと料金を支払えば、まっとうなビジネスである。とはいえ詐欺などの犯罪に用いられることも多く、警察の監視対象になっている他、厄介な客からのクレームも頻繁にある。佐久間は門脇に疑惑の目を向けた。

「うちに来てる輩《やから》はお前の舎弟なのか」

レンタル会社の社員は、警察の圧力と、些細なことでクレームをつけてくる不良の攻勢で精神的にまいっている。社員はなかなか根付かず、佐久間は利益こそ上がっているもののこのままでは廃業するしかないと言っていた。そのときに門脇は、だったら俺が引き継ごうかと言っていたのである。

門脇は億劫そうに首を横に振った。

「この写真じゃ、はっきりしねえが、俺の知り合いかもしれねえな」

「お前、よく言えんな。そんなこと」

「別に俺とは顔見知りなだけで、このことは初めて聞いた」

佐久間が睨みを利かせるが、門脇のほうが一枚も二枚もうわてだ。

「ダチの会社に粉かけてんなら、俺からキツく言っておいてやるよ」

動揺も見せずに言った門脇に佐久間は反論しなかった。厚顔無恥《こうがんむち》な門脇が僕のほうを向く。

「こんな写真が出てきたからって、俺がやらせてるとでも言いたいのか。お前、それはひどすぎるんじゃねえか」

そうなのだ、証拠がない。

「門脇さんはやらせていないということですね」

当然だと言い切った門脇は僕に身体を寄せてきた。

「というかお前ムカつくな。なんで俺のこと探らせてんだ？　仲間相手になに仕掛けようとしてんだ？」

「人の会話をテープに録った人に言われたくありませんよ」

「俺はグループ全体のこと思ってやってんだ。お前みたいなうさんくさい野郎は追放しなきゃならないんだよ」

僕は整形でパッチリ二重になった目を見て続けた。

「僕も調べる理由はあったんです。嫌な噂を聞いたものですから」

「なんだ？」

「優ちゃんがワーストで捕まったとき、加藤から門脇さんに一報が入ったっていう話があるんですよ」

加藤は門脇が所属する刃率会をケツ持ちにしている。加藤は環状連合と乙矢には恨みを抱いているが、刃率会の内部で問題になってはいけないと思い、前もって門脇に一報を入れたという話を比怒羅のメンバーから聞いたことがあった。

僕の言葉を門脇は一笑に付《ふ》した。

「そんなわけねえだろ。加藤は俺たちを憎んでんだ。電話を入れるはずがない」

「そうですよね。実際に門脇さんも加藤と仲が良いわけじゃなさそうですし」

環状連合と比怒羅は犬猿の仲だ。刃率会という共通項があるため、加藤と門脇はぶつからずにいるが、基本的に接触は避けている。これは本当だった。

「それでも揉めるのを避けるため話を通したっていうんですよ。俺が聞いた話では、加藤から、女はどうすればいいと聞かれ、門脇さんは、俺は知ったこっちゃないと答えたということでした」

僕の言葉に佐久間もユリカも顔を強張らせている。これが本当だとすれば門脇はただではすまない。そこで新垣をかばっていれば、新垣は犯されることも自殺することもなかった。みな門脇の反応を待っている。

「適当なことばかり言っててんじゃねえぞ」

門脇は怒りを滲ませて言うと、声を荒げて続けた。

「お前にそんな話を吹き込んだやつ連れてこいよ！　俺が嘘だったと吐かせてやる。こんな話をするからにはしっかりした証拠があるんだろうなあ！」

「証拠、ですか」

僕が声のトーンを落とすと、門脇は畳み掛けてきた。

「証拠もないのに、こんなヤバイ話するはずがねえよな。俺が佐久間のレンタル携帯屋狙ってるだぁ、新垣を助けなかっただぁ、よくそんなことが言えたもんだ。てめえ、証拠がなかったら分かってんな！」

門脇の取り巻きたちが睨みを利かせている。門脇の合図ひとつで飛びかかってきそうだ。僕は息を吐いた。

「こんな話になかなか証拠はありませんよね」

どちらの件についても裏を取ることは容易ではない。僕が弱気になったのを見て門脇はますます増長した。

「てめえ、自分がグループのこと悪く言って、それで旗色が悪くなったからっておかしなもの出してきやがって。こうなったら二度と顔を出せなくなるぐらいじゃすませねえからな！」

門脇は完全にヤクザの顔になっている。

面倒臭い。唐突に思った。この茶番をこれ以上続ける気はない。

「もういいや」

僕が言うと門脇は眉を顰《ひそ》めた。

「なにがだ」

僕はそれには答えず、ユリカに目配せをした。

「なあ、ユリカ」

ユリカが僕のほうに歩いてくる。おい、と門脇が声をかけるが、振り返ることもしない。隣まで来たユリカが笑顔で僕に抱き付いてきて、目を白黒させている門脇に手を合わせる。

「ごめーん」

門脇の顔が石膏《せっこう》で固めたように強張った。ユリカはジャケットから、もうひとつのＩＣレコーダーを取り出し、僕に渡した。

「門脇さん、よく聞いてくださいね」

僕は再生ボタンを押した。


――ねー、門脇さんについてったらいいことあるの？

――そりゃあ、あるさ

——なになに？　どんないいことがあるの？

——なんでも買ってやるし、もっといい思いできるぜ

聞くに堪えない程度の低い会話が流れ始めた。門脇がユリカを口説いているときのものだ。門脇は、こらと言って僕のもとに駆け寄ろうとしたが、乙矢から鋭い声が飛び、その足が止まった。

「静かに聞いていろ」

——でも、乙矢さんのほうがカッコいいし、ネタもいいの持ってるし

——乙矢なんてもう終わりだよ。あいつはまったく力がない。環状連は俺のものだ

——ホント？

——ああ、結局、本職が仕切らないと駄目なんだよ、裏社会はよ

そう言って門脇は自分が刃率会でどのようなポジションにいるかという自慢話を始めた。小学生レベルの内容に乙矢からは失笑が漏れる。門脇は睨みを利かせているが、負け犬の威嚇などわずらわしいだけだ。その後、ユリカが門脇になびいたように甘い声を出し始めると、門脇の口は一層軽くなった。

――実はよ、乙矢と佐久間を食っちまおうと思ってんだ
――えっ、それってマズくない？
――いいんだよ。どうせ、やつらは動きようがない
――どうやってやるの？
――あいつらが仕切っている芸能とか闇金、詐欺なんかの情報を、俺の後輩に流してんだ
――後輩ってヤクザ？
――うちの組織のな。で、いくつか裏から入ってパクッと食っちまってる。佐久間がらみの闇金をひとつ食って、レンタル携帯屋も今追い込んでる。乙矢のほうはガードが固くて尻尾をつかんでねえが、必ず食ってやるよ
――そうなったら、門脇さんはどうなるの？
――環状連のシノギは全部俺が引き継ぐ。それで組に掛け合って晴れて直参《じきさん》昇格だ。そうなったらお前にもおいしい思いを味わわせてやるよ
――えー、それだったら嬉しいかも。でも、みんなのこと友達じゃないの？
――昔はな。だが、もう年を取りすぎた。ダチより金だよ、金

寒々しい門脇の声が店内に響き渡る。門脇は傍目から見ても顔色が悪くなり、視線は落ち着きなく空中をさまよっている。レコーダーの中のユリカが門脇に魅了されたような声を上げた。

——私、悪い人大好き、一緒にいてぞくぞくするの
——俺は悪いぞ
——えーっと、じゃあ、ひとつ聞いていい？　噂話で聞いたんだけど、優ちゃんいたでしょ。優ちゃんがああなる前、門脇さんに連絡があったって本当？
——そんなはずがないだろ。どこから聞いた、そんな話？
——んー、なんかクラブで出回ってた話
——さすがに女を売るようなことはしねえよ
——なーんだ、でも、私、その話聞いて、門脇さんカッコいいって思ったの。あの子、みんなの前でブリッコしてて、私あんまり好きじゃなかったから
——そうなのか？
——うん、でも、死んじゃったのは悲しかったけどね、あれって門脇さんのところに話が行ってたわけじゃなかったんだ
——そうか、でも、あれは可哀想なことしたよな

――え？
――だから、あいつには可哀想なことをしたってことだ
――ってことは、門脇さん
――俺のところに連絡があったのは加藤からじゃない。あいつの兵隊だ。それで女をどうするかって聞かれて、佐久間の事務所の女だろ、好きにすればいいじゃねえかって答えたんだ

音声はここで途切れた。店内には重苦しい空気が漂っている。佐久間のレンタル携帯の件は取るに足りないことだが、新垣を見捨てたことについては気持ちが沈まざるを得なかった。佐久間が怒りを滲ませながら門脇に言った。

「門脇、どういうことだよ」

門脇が答えずにいると、佐久間は声を荒げた。

「どういうことだって聞いてんだよ！」

顔を強張らせている門脇にユリカが冷たい声で告げる。

「優ちゃんのことまさかと思ったけど、この言葉聞いたとき、私あんたのこと殺してやりたくなったよ。仲間売ってんじゃねえぞって」

ユリカは僕が門脇のもとに送った二重スパイだった。門脇を良い気分にさせて言質

を取ってこさせたのだが、その中でさまざまな疑惑が証明された。門脇は僕のほうを向いて精一杯の抵抗をした。

「汚ねえぞ、てめえ！」

「どっちが汚ねえんだ。てめえ、ダチのシノギ奪って、ダチを見捨てて、それでデカイ顔できんのか！」

僕の言葉に門脇はひるんだ。取り巻きたちもたじろいでいる。

「仲間よりヤクザが大事ならそっちと遊んでろ。二度とこの店に顔出すんじゃねえぞ！」

佐久間が立ち上がり、真の言う通りだと気炎を上げた。取り巻き同士が対峙するが、筋の通らない門脇たちは身体が一歩引いている。佐久間の号令次第で勝負は決することだろう。一触即発の状態が続く中、バーテンが門脇に向かって静かに言った。

「お客さま、お代は結構ですのでお引取り願えますか」

他人行儀な言葉には門脇に対するはっきりとした拒絶の感情が込められていた。門脇は屈辱と敗北感によってその巨体を細かく震わせている。乙矢はというと、映画鑑賞でもするようにソファに座って門脇の挙動を観察している。門脇は、クソッと捨て台詞を吐き、近くにあった椅子を蹴飛ばして出ていった。取り巻きたちも店内に唾を吐き、肩を怒らせながら退店していく。

店内に静寂が戻る。乙矢が立ち上がり、僕の肩に手を置いた。

「面白かったぞ」

9

ＡＱＵＡに残って酒を飲んでいた。佐久間がユリカをからかっている。

「ホントはあいつと寝たんじゃないの？」

「あんなやつとやんないよー。気持ち悪い」

大袈裟に嫌がるユリカに乙矢も突っ込んでいる。

「案外、乗り気だったんじゃないですか」

「乙矢さんもやめてよ」

笑いながら話す三人を見て、改めて乙矢のことを怖い人だと思った。探偵をつけて乙矢の行動を調べさせているとき、尾行をしていた探偵の前から乙矢が姿を消した。見失ったと思い焦っていると、路地を曲がったところで乙矢と鉢合わせしたという。

乙矢は穴の開いた目で一言挨拶をした。

「最近よく会いますね」

その一言で探偵は使い物にならなくなった。すべてを見透かされていたという報告が上がってきて、以後乙矢の行動確認をやめた。乙矢はそのことについて僕になにも言わなかった。僕からも口に出すことは憚られた。

そこで僕は乙矢に対する謝罪の意味も込めて今回の絵を描いたのだ。組織のお荷物になり、乙矢を敵視する門脇を追放しようと考えた。いや、僕が描いたのではない。乙矢に描かされたのだ。僕は乙矢の頭の中にあった絵をトレースしただけに過ぎないのではないかという疑念は晴れなかった。

酩酊した佐久間が嘆くように言った。

「でも、優ちゃんのこと、あれはひどすぎるよな」

ユリカも暗い顔で俯く。

「ホント、私ショックだった」

僕はそれに応じたが、二人がいまだに新垣の自殺を悔いているようには見えなかった。もちろん、心のどこかに引っかかりはあるのだろうが、すでに過去の悲劇として処理されているのではないか。案の定、佐久間はすぐに話題を変えた。

「だけどさ、前から門脇はヤバイと思ってたんだよ。いい機会だったよ」

ユリカもその言葉に頷く。

「うん、いなくなって私もせいせいした」

「最初に真の声が流れたときはビビッたよ。でも、それも計算していたんだな」

「あんなに悪口言って平気かなって思ったけど、そうしないと門脇も引っかからないもんね」

佐久間もユリカもあの音声のことを門脇をハメるための芝居だと思っているようだが、僕が話したのは掛け値のない本心だ。僕は全員から糾弾されても構わなかった。だが、そのことに気付かない二人は軽薄な言葉を重ねる。

「それにしてもお前すごいよ」

「私、ずっと真についていく。カッコいいもん」

この様子を静かに佇んで眺めている乙矢、あの人だけが僕の真意に気付いている。あの人だけが本物なのだ。

バーテンから聞いた話によると、数日後、門脇が刃率会の組員を引き連れてAQUAに怒鳴り込んできた。組織の力でAQUAを奪い取ろうとしにきたらしい。

そのとき店内には環状連合の関係者はおらず、上場企業の重役がホステスと酒を楽しんでいた。門脇は客を帰し、乙矢を呼べと告げた。バーテンは自力で抵抗しようとしたらしいが、刃率会の組員たちは梃子《てこ》でも動かなかった。

一時間ほどが過ぎ、乙矢が一人の男を連れてやってきた。門脇たちはその男を乙矢のケツ持ちと勘違いしたらしい。組の代紋を出し、どこのもんだと詰め寄った。

男が手帳を取り出すと、そこには警視庁と書かれていた。てめえらパクるぞと刑事が凄むと、組員は烏合《うごう》の衆となった。門脇に従っているレベルの連中だ。刑事に対する掛け合いも下手なもので、悪態をついて立ち去ることしかできなかった。

乙矢に確認すると、その刑事は、堀が覚醒剤所持で捕まったときに、乙矢を任意で取り調べた刑事だという。手なずけ方を聞くと、人間には金に弱いやつも、権力に弱いやつも、女に弱いやつもいると言った。どうやら乙矢が子飼いにしているアイドルの中に刑事が惚れ込んでいる子がいたらしい。金やクスリには興味を示さなかった刑事が簡単に落ちた。

それ以後、いい付き合いを続けているらしいが、乙矢は事も無げに、こんなやり方に引っかかるようでは、あの刑事も二、三年でしょうと言った。それまでの間徹底的に使い倒すらしい。

一ヶ月ほどして僕の耳に噂が届いた。

門脇は刃率会を破門され、夜逃げしたということだった。

安食組《あじきぐみ》

1

「オヤジがどうしてもって言うんだ、頼む」

千木良《ちぎら》が勢いよく頭を上げた。

高級スーツを身にまとい、パテックフィリップの高級時計を腕に巻き、滑らかな質感の革靴を履いた姿は一流企業のサラリーマンにしか見えない。

日本最大級のヤクザ組織八潮会の二次団体である安食《あじき》組の中でもホープとして期待され、若頭補佐の地位まで上り詰めた。自らも千木良連合という組織の首領《しゅりょう》に収まり、数十人の組員を従えている。

千木良はサラリーマンのようにしか見えないはずだった。一歩下がったところに直立不動で立つ感情のない目をした二人のイカついボディーガードと、その後ろに停まっているフルスモークのシーマさえなければ。

「千木良さん、頭を上げてください」

僕の呼びかけに千木良は応じなかった。沈黙の時間が流れる。頭を下げる千木良の後ろのボディーガード、そしてシーマ、更にここにはいない数十人の組員の無言のプレッシャーがのしかかってくる。

「分かりました。今からお伺いしますから」

千木良はすっと頭を上げた。爽《さわ》やかな笑みを浮かべ、肩をぽんと叩く。

「面倒かけちまって悪いな、どうしてもオヤジが会いたいっていうもんでさ」

「面倒なんかじゃないですよ」

内心、面倒臭くてたまらない。なんで組長の安食徹《あじきとおる》に会わなくちゃいけないんだ。これまでにも幾度となく面会の打診はあったが、半グレである僕がヤクザに会ったところでいいことはない。

ヤクザはなんでも自分の体中に取り込もうとする。一般企業やカタギもそうだが、グレーな世界に生きている者ならなおさらだ。取り込んで養分を吸い尽くして味がしなくなったら吐き捨てる。これまではのらりくらりとかわしていたものの千木良にここまでされて断れるはずがなかった。

千木良がシーマに近づいた。すでにその顔は利にあざといヤクザの顔に戻っている。ボディーガードがドアを開けると、先に乗るように言った。乗り込むと黒光りする車体にはそぐわないココナッツの香りが漂っている。若頭補佐になってからはクラブで見かけることはなくなったが、ネタ好きの性質は残っているようだ。

千木良が隣に乗り込んできた。二人のボディーガードが助手席と運転席に座る。ターミネーターのようにまったく口を開かない。

「事務所」

千木良の言葉で車が走った。

2

赤坂の八階建てのビルの前で車は停まった。ビルの入口には監視カメラ。中に入るとエレベーターの内部にも最新型のものがついている。常に監視されながら最上階に向かう。

エレベーターを降りると、待ち構えていたダークスーツの男が、お疲れ様ですと頭を下げた。男に連れられて廊下を進み、角部屋のドアを開けると、玄関脇に掲げられた「千木良連合」という立て看板が強烈な存在感を放っていた。

ヤクザの事務所は何度入っても落ち着かない。常時出入りしている人間ならば気にならないのだろうが、僕の場合、獲物として入っていく感じがする。対照的にホームグラウンドに戻って動作が大きくなった千木良が突き当たりの部屋に向かう。

ここでも組員が頭を下げてドアを開けた。

千木良に続いて部屋に入ると、自然と背筋が伸びた。

原因はソファに深々と座る年配の男だった。身体にぴたりと合ったオーダーメイドのスーツを着た恰幅のいい男。頭には白いものが混ざっているが、その全身から重厚感のある迫力が伝わってくる。隣に立つ組員と談笑をしていた男は僕の姿に気付いて頬を緩めた。

千木良が慇懃《いんぎん》な動作で頭を下げる。

「オヤジ、伊南さんをつれてきました」

男はゆったりとした動作で右手を挙げた。

「君か、会いたかったよ。安食だ」

安食徹――

全国に下部組織を持つ八潮会の中でも一、二を争う勢力を誇る安食組を仕切る男。極端なマスコミ嫌いなゆえ実話誌にもほとんど登場しないが、ネット上には写真が出回っている。芋虫のような眉毛に丸く大きな瞳、浅黒い顔の真ん中に位置する団子鼻、丸みを帯びたごつい拳、実際に目の当たりにすると息苦しくなるほどの圧迫感を受ける。

若い頃、縄張り荒らしの報復として一人を殺害し、長い懲役を経験している。しかし、安食の指示で死んだ人間は十人ではきかないはずだ。これほどの大物に会うのは初めてだった。

「ご挨拶が遅れて申し訳ありません。伊南真です」

頭を下げた。千木良ともう一人の組員から厳しい視線が注がれている。

「堅っ苦しいのはいいから、こっち来て座りなさい」

安食に手招きをされて、正面に腰を下ろした。千木良は直立不動の姿勢を取ったが、お前も座らないとお客さんが落ち着かねえだろと言われ、安食の隣に腰を据えた。安食が部屋にいる組員に手をひらつかせると、失礼しますと言って組員は退室していった。

「伊南さん、乙矢君のところでやっているんだってね。やり手だって聞いてるよ」

「いえ、私なんてまったくです」

「いいや、いい面構えをしている」

安食は目を覗き込んできた。

「伊南さん、失礼ですがおいくつになりますか」

「今年で二十八になります」

「その若さで立派なものだ。次のリーダー候補とはね」

「勘弁してください。私はそんな器ではありません」

「謙遜しなさんな。息子にも伊南さんを見習ってほしいと常々思っているんだから」

安食徹には腹違いを含めると、五、六人の実子《じつし》がいるというが末っ子のことだろう。四十代後半にできた子どもということもあり、成人したばかりの末っ子を随分可愛がっているという話を聞いたことがあった。安食は苦みばしった表情になった。

「うちの子はこんなご時世に稼業入りしたいって言い出してね。今更ヤクザやったたっていいこたぁねえ、やめとけって言ったんだけど、任侠道に精進したいなんて言われちゃあね。断れないわな、千木良」

「はい」

「千木良に預けることにしたんだけどね、困った問題があってね。うちは教育方針が厳しいから定着してくれる若い衆が少ない。千木良のところで息子と一緒にやってくれる者がいればいいいんだが、伊南さん、心当たりはないかね」

「すいません。すぐには浮かびません」

「そうだな、たとえば君みたいな子でもいいんだけどね。なあ、千木良」

「はい」

　安食はにじり寄るような口調で続けた。

「随分と千木良も君のことを気に入っているようでね。どうかな、伊南さん、千木良から盃を下ろしてもらうっていうのは」

　僕は急速に気持ちが冷めていくのを感じた。ロンダリングや探偵事務所、特殊詐欺で稼いでいるという話は安食の耳に入っているはずだ。実子を口実に引き込むことで美味しく実った果実を奪うつもりだろう。千木良は真っ直ぐに僕のことを見詰めている。僕は頭を下げた。

「非常にありがたいお話なのですが、私のような根性なしには務まりません」

「君は今まで通りにしてくれればいい。当番も免除するから、今まで通りでね。ただ、息子の相談役になってくれればいいんだ。それでいいな、千木良」

「はい、あくまで若の相談役として迎えさせていただければと思っています」

僕は千木良の鋭い目を見返しながら答えた。

「それでは私の気持ちがすみません。誰よりも組の仕事をしなければ先輩方に申し訳ありませんし、それだけの力が私にはありません。私自身が成長しましたら、そのときはこちらからお願いにあがらせていただければと思います」

千木良は表情を変えずに押し黙っている。代わりに口を開いたのは安食だった。

「うちの盃は安くないよ。君にもいい話だと思うけどね」

「はい、今の私には勿体ないお話です。そのお言葉に応えられる人間に早くならなければならないと思っております」

「分かった。必要になったら言ってくれよ。いつでも歓迎するからね」

意外にあっさりと安食は引いた。一進一退のやり取りを延々と続けなければならないと思っていた僕は安堵した。ご理解いただき、ありがとうございますと頭を下げると、安食は思い出したように、そうだと言った。

「この間、辰巳《たつみ》の者から連絡がなかったか」

辰巳というのは安食組と拮抗した勢力を持つ八潮会の辰巳組のことだ。唐突に放たれた巨大組織の名前にドキリとした。

「ありませんでしたが」

「それならいい」

安食は一人で頷き、それ以上話そうとしない。心当たりのある僕は安食に尋ねた。

「足立という社員の件ですか」

「詳しい話は知らんよ。その足立というのは誰だ？」

足立の名前を出したことを後悔した。ヤクザ相手に口が軽くていいことなどひとつもない。

「うちの社員だった者です。ヘタを打ちまして今は解雇しています」

「話してみろよ」

一ヶ月ほど前、エスコーポレーションの社員足立を解雇した。理由は足立がうちの仕切りのイベントチケットを横領し、転売していることが分かったからだ。足立は最初数万円の小遣い稼ぎをしているつもりだったらしい。

だが、不良の知人にチケットを手配してくれと頼まれ、それに応えたことから足立は破滅していった。その知人というのは辰巳組の枝の組員で、一度チケットを渡すと、その後も執拗にねだられるようになった。実質的な経営を足立に任せていた僕はそのことに気付かなかった。発覚したのは足立が泥沼にはまり込んでからである。

足立が真っ青な顔で相談事があると持ちかけてきた。辰巳組の人間に脅されているという。なぜだと尋ねると、足立は渡したチケットに問題があったと言った。そのときは総合格闘技の試合のチケットを手に入れてほしいと頼まれ、足立はうちの興業でもないのに、知り合いのイベント会社に依頼して、わざわざチケットを購入した。未払いのチケット代金は合計数十万円になっていたというから、どれだけ食い込まれていたかが分かる。

辰巳組の人間はタダでチケットをせしめようとしていた上に、足立に、目立たない席にしてくれと注文をつけていた。暴排条例の影響で、目立つ席に不良が座っていると関係者に迷惑がかかることもあるからだ。

足立は律儀に応じ、後ろのほうの目立たない席を用意した。だが、運が悪いことにヤクザご一行の席の近くには、メインイベントに出場する格闘家の学生時代の友人たちが陣取っており、何度もその付近が中継された。ヤクザご一行の様子も全国に放送されることになった。

その日の深夜、足立のスマホが鳴った。未登録の番号に不気味なものを感じながら出ると、ドスの利いた関西弁で恫喝《どうかつ》された。辰巳組の組員がテレビ中継されたことを糸口に恐喝をかけてきたのだった。

この話を聞いたとき、僕は呆れ果てた。自分勝手なヤクザも始末が悪いが、その要求を突っぱねることができず、相手の言いなりに動いていた足立にだ。チケットを横流ししていた挙げ句、自分でケツを拭くこともできず、どうすればいいんでしょうかと泣きながら話す。

社長、助けてくださいと言うので、僕は吐き捨てるように言った。

お前、クビだ。

足立は硬直していた。僕は言葉を続けた。

お前がやったのは横領だ。明日から来なくていいからな。

足立は弁解を始めたが、正当性があるはずもない。これ以上顔を突き合わせていたくなかったので会社を出た。何度か着信があったが出るつもりはなかった。留守番電話も聞く前に消した。翌日から足立は出社しなかった。この件で辰巳組からの接触があるはずだと思っていたが、何事もないまま一ヶ月が経過している。

そこには安食組の存在があったに違いない。関西に本部を構える辰巳組は関東の安食組にエスコーポレションの情報を求め、安食組は乙矢との関係を軸に、自分たちの関連企業だと答えたのだろう。足立の話を聞いた安食は毒づくように言った。

「辰巳っぽいやり方だ。あいつらはうちと違って乱暴だからな」

関東のヤクザに比べて荒っぽいという評判は聞いていた。敵対する人間をさらってリンチを加え、山奥に捨てることなど日常茶飯事だという。以前はあまり耳にしなかったが、四、五年前から東京でも名前を聞くようになってきた。

「最近はこちらに出てきているようですね」

僕の言葉に安食は顔をしかめた。

「うちに任せておけばいいのに、でしゃばりやがる」

辰巳組に対して腹に据えかねている部分があるようだが、同じ代紋同士が表立ってぶつかることはできない。身内の揉め事は避けろというキツいお達しが本家から出ているようだった。

やぶ蛇になりそうだったので、これ以上話は広げないことにした。しかし自分から帰るとは言えないので、安食の機嫌を取ろうと千木良が持ち出してきたゴルフの話に乗った。話しているうちに安食の機嫌は直り、温和な笑顔を見せるようになった。

過去のプレーの自慢話をたっぷり一時間は語ると、安食は口数が減り、ソファに凭《もた》れ掛かるようになってきた。その様子を見て千木良が、今日はこれぐらいにしましょうと席を立った。つられて立ち上がった僕に安食は念を押すように言った。

「さっきの話、考えておいてくれよ」

盃の件だ。

「分かりました」

僕が答えると安食は満足気に頷いた。

「伊南君には期待しているからね」

最初は、さん付けだったのが、いつの間にか、君付けに変わっている。距離の詰め方に不気味なものを感じながら千木良と事務所を出た。車で送ると言うのを断ると千木良はマンションの外まで送ると言ってついてきた。エレベーターの中で千木良は言う。

「オヤジの話、長いよな」

答えにくい言葉に口をつぐんでいると、千木良は哀愁の漂う口調で続けた。

「だけどよ、オヤジの気持ちも分かってやってくれ。オヤジも俺も信じられるやつがほしいんだよ」

ヤクザであるだけで人でなしのような扱いを受ける時代は生きにくいはずだ。だが、これも僕を籠絡《ろうらく》するためのシナリオかもしれない。一階に着き、僕たちは無言でエレベーターを降りた。

3

クラブで引っ掛けた女の買い物に付き合っていた。この女は僕のことをただの探偵会社の社長だと思っている。それでも一般人からすれば充分刺激的に見えるらしい。渋谷のスクランブル交差点で信号待ちをしていると、ビルの巨大モニターを女が見上げた。

「えっ、マジ？　結婚だって」

目をやると「川西ユリカ　森山グループ御曹司《おんぞうし》と電撃入籍」という字幕が見えた。先月もユリカと会ったが、こんなことは一言も言っていなかった。

周囲のざわめきが一瞬消えた。だが、すぐに戻ってきた。ユリカの結婚について周囲の人間が口々に感想を漏らしている。僕はこんなものだと思った。ユリカは幸せそうな顔で鈴なりになった報道陣の質問に答えている。旧財閥の森山グループの御曹司が相手なら、そんな顔にもなるだろう。

「気になるの？　このニュース」

女が拗《す》ねたように話しかけてきた。

「どうでもいい」

信号が青になり、群衆がまとめて動き出す。その中を歩きながら僕は自分から一切の感覚が失われたようだった。周囲を見回すが、すべての色が剥奪された灰色の世界だ。母親が死んだことを告げられた、あの留置場みたいだ。奥行きがあるように見えても、誰も本当はどこにも行けない。ユリカの結婚も、安食組に食い込まれそうになったことも、足立が消えたことも、なにもかもがつまらなかった。

目まぐるしく表情を変えながら女が話している。黒い糸を口から吐き出して言葉にしているみたいだ。なんなんだろう、全部が嘘みたいだ。

　そのときポケットの中で振動があった。スマホを取り出すとディスプレイには、乙矢の名前があった。その瞬間、世界がわずかに色づいた。


　深夜の公園には、乙矢の他に大柄な男の姿があった。年の頃は二十代前半、ドレッドヘアが目を引く、不遜な雰囲気の男だ。手には茶色いボストンバッグを持っている。僕たちの他に公園に人影はなく、僕は乙矢に頭を下げた。

「チームの方ですか」

　他人のように接しろという指示通りに話すと、乙矢は頷く。

「今夜はこの三人でやる」

　ドレッドの男が大物ぶって乙矢に尋ねる。

「なに盗むんです？」

「説明は後だ」

　乙矢は短く言い、手にしていたビニール袋を探った。三枚のマスクが出てくる。

「互いの名を呼ばないこと、無駄口を叩かないこと、これは鉄則だ。今後はキャラクターで呼び合うようにな」

　乙矢がパンダ、僕がレスラー、ドレッドの男がピエロのマスクを手にした。ドレッドの男はテンションが上がったのか一人でマスクをかぶり始めている。のたうつ蛇のような髪の束がマスクを歪ませていて、深夜の公園というセッティングも相俟って異様な雰囲気を醸し出している。

「おい、マスク取れよ」

目立っていいことはない。僕が注意するとピエロは首を傾げた。

「あんたには指図されねえ」

生意気な態度にカッとしたが、ここで揉めるのは得策ではない。乙矢がピエロを嗜めると、パンダさんの言うことは聞きますよと言ってマスクを取った。僕はこいつを相手にしないことに決めた。

深夜二時、人気のない道を無言で歩く。時折ドレッドの男が口笛を吹き、乙矢が叱る。無意識的な行動らしいが、あまりにも浅はかだ。なぜこんなやつを乙矢が連れてきたのか理解に苦しむ。

五反田駅から十分ほど歩いた位置にある雑居ビルの前で、乙矢が足を止めた。人影がないことを確認してマスクをかぶり雑居ビルに突入する。エレベーターで四階まで上る途中、ピエロがからかうように話しかけてきた。

「弱そうなレスラーだな」

「喧嘩はお前より弱いだろうな」

僕が言うと意外そうに黙った。僕は言葉を続けた。

「だけど、頭はお前のほうが信じられないほど弱いぞ」

「なっ」

ピエロが言ったところでエレベーターが止まった。ピエロを置き去りにしてエレベーターを出る。乙矢はもう注意もしない。目の前には「サージェントグループ」というプレートが張り付いた扉があった。物音に振り返ると、ピエロがボストンバッグの中を漁っている。

「これの出番でしょ」

電動ドリルを取り出し、トリガーを引いた。派手な音を立ててドリルが回り始める。ピエロはドアに歩み寄り、ドリルを押し当てようとした。

「待て」

乙矢の言葉に動きが止まる。

「サムターンじゃないんすか」

「音は小さいに越したことはない」

乙矢がマイナスドライバーを取り出して鍵穴に差し込み、ハンマーで奥まで叩き込んだ。ドライバーをモンキーレンチで固定して回すと、鍵の内側からガリガリと鉄をこする音が聞こえてきた。手慣れた乙矢の動作に見入っていると、鉄の板が割れる音が響いた。

「パンダさん、鮮やかっすね」

ピエロが言い、勢いよく事務所のドアを開けた。

先日、渋谷で買い物をしているとき、電話をしてきた乙矢は、近々実行するタタキを手伝ってほしいと言った。タタキというのは穏やかではなく、スマートな乙矢がやる仕事には思えなかった。

具体的に尋ねると、詐欺や闇金グループの現金や顧客名簿がほしいのではなく、目当ては情報だった。乙矢いわく、環状連合にとって非常に重要な情報が盗まれ、それを取り戻さなければならないという。

報酬は百万円。僕は金のことよりも乙矢の狙いに興味を持った。

半年前、僕は門脇を罠にかけ、環状連合から追放することに成功したが、そのとき一度は乙矢を狙った。探偵に行動を探らせ、隙があれば乙矢をハメてやろうと目論んでいたものの、乙矢に見破られ、計画は頓挫《とんざ》した。そのことで乙矢は僕のことを自分を失脚させようとした危険分子だと考えているのかもしれない。そもそも情報を取り戻すためにタタキに入るというのも奇妙な話だ。

そう考えると、このタタキ自体に仕掛けがあるのかもしれない。僕は乙矢にハメられているかもしれないと思いながら乗ってみることにした。

先程、公園で集合してから久し振りに高揚感を覚えている。これはしばらく忘れていたものだった。タタキに入るのは初めてで、経験不足から来るものもあるかもしれないが、乙矢にハメられているかもしれない、なにかとてつもない狙いがあるのかもしれないと思いながら行動すると予定調和では味わえない刺激を得られる。

ピエロは片っ端から机の引き出しを開け、物色している。乙矢から暴れ回っていいという指示はあったが、やりすぎだ。十坪ほどのオフィスはたちまち足の踏み場もなくなった。

それに対して乙矢はパソコンの前に座り、ファイルを開いている。それが環状連合に関する重要な情報なのだろうか。

僕は部屋を観察していた。この会社はどうやら投資顧問会社のようだ。壁にはさまざまなファンドの情報をプリントアウトしたものが貼られ、壁際に置かれたホワイトボードには投資家の個人情報が記されている。しかし、ノルマ表が見当たらないのが気になった。

乙矢の動きを肩越しに見ると、顧客情報らしきファイルを次々にＵＳＢに移している。僕の心に疑念が沸き起こった。この会社はただの投資顧問会社ではない。営業を行っている会社にありがちなノルマを記したグラフがないし、ホワイトボードには家族構成や職業、推定年収などの個人情報が詳細に書き込まれている。

僕の経験からすると、この会社は投資詐欺を行っているインチキ会社だった。気持ちが寒々しくなってきた。ここが詐欺会社であることは別にいい。問題なのは、こんなところに入って乙矢がなにをしているかといえば、詐欺グループが持つ情報を抜き取ろうとしているようにしか見えないことだ。

最近、タタキが増えている。まともなシノギが少なくなった以上、限られたパイの奪い合いが始まるのは必然で、裏社会はそれが顕著だった。弱い者は強い者に食われ、そのときの強者は更に強い者に食われる。詐欺をやっているグループは決してヤサを明かさない。バレれば自分たちより強い者がやってきて、警棒で頭をかち割り、現金や顧客データを奪い取っていくからだ。

先日は以前門脇が所属していた刃率会系列の詐欺グループにもタタキが入ったという。今は詐欺で稼いだ連中の金をどうやって奪い取るかが裏社会のトレンドになっている。

だが、乙矢がここまで落ちていたとは——

失望を隠しきれずにいると、作業を終えた乙矢が言った。

「こっちは終わった。最後にひと暴れしよう」

それに反応したピエロがバカデカイ声を上げた。バッグからハンマーを取り出して、打楽器を演奏するようにパソコンに振り下ろし始めた。

集合場所の公園に戻って受け取った報酬は味気なかった。礼も言わずにポケットにねじ込むが、ドレッドの男は儲かったと喜んでいる。

僕は乙矢の言葉を待った。引っくり返すならここでなんらかのアクションがあるはずだ。だが、乙矢は長居は無用だとばかりに歩き出してしまった。ドレッドの男が後を追う。おい、これで本当に終わりなのか。これじゃあ、タタキに入っただけじゃないか。僕はあまりのつまらなさに、その場に立ち尽くしていた。

4

クロールで一キロ泳いでも息切れをしないようになってきた。たっぷり一時間ほどかけて泳いでからプールサイドに上がる。

乙矢の影響を受けて、半年前から週に二、三度のペースで会員制のスポーツクラブに通っている。最初の頃は百メートルがやっとだったが、今は力を抜いたまま長距離を泳ぐことができる。泳いでいるときは身体と水が一体化しているようで、なにも考えずにすむのが良かった。

スポーツクラブを出て十番の通りを歩いていると、洒落た洋服のセレクトショップがあった。中は若い女性客でにぎわっている。横目に通り過ぎようとすると、見覚えのある顔が店長らしき男に頭を下げていた。

本山だった。本山は自分のブランドの商品をおいてほしいと交渉しているのか、腰を折り、頭を下げ、媚《こ》びるような態度を見せている。声をかけるのも気まずいと思い、再び歩き出したが、そのとき苦い顔をした本山が僕のほうを向いた。

二人で近くの公園に移動し、ベンチに並んで缶コーヒーを飲んだ。

「売り込みですか」

僕の問いに本山は苦笑した。

「恥ずかしいところ見られちまったな」

「いえ、恥ずかしいなんて」

本山の父親が代表を務めていた食品加工会社は産地偽装や衛生管理などの不祥事が相次ぎ、一年ほど前に上場廃止になっていた。親からの支援もなく、アパレルブランドを切り盛りしていくのは厳しいはずだ。本山は話題を変えた。

「そうそう、ユリカ結婚したんだな」

「俺のところには連絡もなかったですよ」

「そんなもんだよな」

「意外とも思いませんでした」

少し間が空いてから、本山は聞いた。

「乙矢はどうしてる？」

「あいかわらずですよ。最近は昔より枯れましたが」

「あれより枯れたのか。もう化石なんじゃないか」

「本当にね」

本山は乾いた声で笑った。

「前田から連絡はないのか」

「ないですね。本山さんのところには？」

本山は首を横に降った。

「門脇は？」

「あれ？　知らなかったでしたっけ」

本山は門脇が環状連合から追放され、刃率会からも破門されたという話を知らなかった。ネットなどには情報が流れているはずだが、環状連合のことは調べてもいないらしい。その後、佐久間のことを聞かれるかと思ったが、本山は関心がなかったのか尋ねもしなかった。佐久間がかわいそうになるが、その佐久間は今、ダースの次のアイドルグループの売り出しに成功し、かなり羽振りがよかった。いつかまた不良に奪われるまで、しばらくの間、軽薄な笑いを見続けることになるだろう。

本山は目線を落としてつぶやいた。

「なんだか、みんないなくなっちまったな」

そのみんなという言葉には新垣も含まれている。だが、その新垣がいなくなる要因のひとつが門脇だったことは言えない。

僕は目の前の道を眺めた。ＡＱＵＡに続く道だ。ここを夜中、みんなで連れ立って歩いた。だが、今ではそのメンバーも半分以下になってしまった。僕がこの世界に足を踏み入れたときから考えれば、堀、曽根、前田、門脇、新垣、本山、ユリカの姿が消えた。もう残っているほうが珍しいぐらいだ。

缶コーヒーも冷たくなり始めた。

「真はうまくいってんだろ」

「俺ですか、なんかもう分からないですよ」

シノギは回っているし、おそらくうまくいっている部類なのだろう。だが、僕はもう毎日をどう過ごしていいのか分からない。金は有り余っているし、女にも薬にも飽きた。最近の乙矢にも興味を引かれないし、これからなにを求めて生きていけばいいのだろう。

「本山さん、俺、クリアしちゃったロールプレイングゲームを延々と続けている気がするんですよね」

「なんだ、それ？」

「ゲームクリアしちゃって、その後、伝説の武器とか防具とかある程度集めて、なんかもうやる気がなくなっちゃったっていうか」

裏面のボスや超レアアイテムなどはあるのだろうが、レベル上げやモンスター狩りを繰り返してまで手に入れようとは思わない。だが、このゲームしかないから捨てることができず、つまらないつまらないと思いながら延々とやっているのだ。

硬い音に目をやると、本山が缶コーヒーを地面に置いていた。僕を真っ直ぐに見る。

「真、お前、こっちに来いよ」

「こっちってなんですか」

「表の社会だよ。もう犯罪なんかやんなくてもいいだろ」

本山が本気で話しているのが伝わってきた。

「仕事そんなにうまくいってないけど、一応食っていけるぐらいにはなったんだ。一年ぐらい前は本当に地獄だったけどな。お前が犯罪から足を洗いたいっていうんなら、俺のところに来いよ」

「友達と仕事してもいいことないんじゃないですか」

「普通はな、だけどお前のことは信じられる」

本山は新垣を助けたときの僕を思い描いているのかもしれなかった。だが、僕はあのときの自分とも違っている。本山から目を逸らして、缶コーヒーを飲んだ。

「おい、しっかり聞けよ」

本山の声にイヤイヤ顔を向ける。

「お前はいいやつなんだよ。だから表の仕事を一緒にやろうぜ。毎日働いて疲れて、そんなに金も儲からないけど、自分の作った服が売れたときは嬉しいんだ。その金で飲む酒はうまいんだ。なあ、真、一緒にやろうぜ」

本山の服の袖はわずかに擦り切れていた。ズボンには小さな染みがあった。僕にはそれが輝いて見えた。正面に目をやると、向かいのビルのショーウインドウに僕の姿が映っていた。高級スーツに身を包み、いい時計をハメ、高い靴を履いている。だが、その顔には生気がない。僕は自分から目を背けた。

「今はちょっと分かりません」

僕はそう言うと、仕事に戻りますと立ち上がった。本山も立ち上がる。背を向けて歩き出すと後ろから、俺の番号は変わってないからいつでも連絡してこいよと呼びかける声が聞こえた。

5

「オヤジが呼んでいる」

千木良は僕を見据えて言った。

「この間の話ですか。まだ気持ちに変化は……」

千木良は強張った表情を崩さなかった。

「違う話だ。お前にとって非常に重要なな」

この間とシチュエーションは似ているが、千木良も、後ろに立つボディーガードもその全身から放たれる殺気を隠そうとしない。フルスモークのシーマに乗り込むと、重苦しい空気に息が詰まった。千木良を乗せた車は無言のまま走り出した。

先日と同じように千木良連合の事務所の奥には安食が座っていた。だが、その顔に一切の緩みは感じられない。僕がソファに座っても誰も口を開かず、千木良は安食の隣で直立不動だ。安食は苦々しい顔付きで煙草を吸い続けている。二本目を半分ほど吸ったところで下から舐め上げるように僕を見た。

「お前、マズイらしいな」

口を開くのも憚られる空気だったが、なんとか返した。

「といいますと?」

安食は目を細めて一服つけた。煙を吐き出して言う。

「お前タタキに入ったんだってな、刃率会系の事務所に。連中は躍起になって探してるぜ」

先日の件だ。乙矢とタタキに入ったのは刃率会の系列だったのか。

「うちに入れば守ってやる。だが、そうじゃなきゃ、お前はさらわれてその後はどうなるか俺は知ったこっちゃない」

「なぜ、それを」

「認めるってことか。まあ、言い逃れはできないな。今日はもう一人呼んでるんだ」

ドアが開き、入ってきたのは乙矢だった。ハメられたという感覚が水紋のように全身に広がっていった。すべては安食組と乙矢が画策したことだったのだ。自発的に組織に入りたいと言い出さないのならば、入りたくなる理由を作ってしまえばいい。刃率会に殺されたくなければ安食組に守ってもらうしかない。

ヤクザになるしかないのか。そのことについては仕方がないと諦めもついた。だが、それ以上に僕は冷め切った心境にいた。乙矢に目をやったが、その姿に以前のような輝きはない。あんたが描いた絵ってこんなもんか。これなら僕でも描ける。強い失望感が湧き上がってきた。

「俺たちの情報網を甘く見るな。お前たちがやったことは分かっているんだ」

そう言った安食は乙矢に言葉を続けた。

「お前もそうだな、この際、盃受けてうちでやればいいじゃないか。それがイヤだって言うんなら上納を上げるまでだ」

乙矢は弁明するように言った。

「月に五十でお願いしています。これ以上はキツいです」

「状況分かってんのか。お前の命は俺が握ってんだ」

安食は首をひねり、思いついたように言った。

「これからは稼ぎの三割持ってこい」

とんでもない額の上乗せになる。金をむしり取ろうという本心が露わになった。だが、僕は悪辣な安食よりも情けない乙矢に嫌悪感を抱いた。ひょっとすると乙矢と安食で絵を描き、乙矢はそれに乗ったつもりでいたが、自分までめくられてしまったのではないか。乙矢が刃率会系の事務所にタタキに入った事実は消えない。それを安食にいいようにされている。

「しかし、それでは話が」

最も聞きたくない言葉だった。安食も苦笑する。

「話ってなんだ？　話なら今してるだろうが」

こんなことなら先日タタキに入ったとき、僕が引導を渡せばよかった。乙矢が顧客データを抜いているとき、僕がつぶせばよかった。顔を歪ませた乙矢は安食に直訴するように言った。

「安食さん、今日はもう一人呼びたい人がいるんです。表で待たせているんですが」

「なんだ？」

「その人間がいると話がまとまるんですが、呼んでいいですか」

「デコじゃねえだろうな」

「もちろん違いますよ」

安食は困惑した様子だったが、すでに勝負はついている。余裕を見せるように、まあ、いいだろうと許可を出した。乙矢は電話をかけ、入ってきてくださいと告げた。
二、三分が経過し、部屋のドアが開いた。入ってきた男を見て僕は息を呑んだ。ごつい体付きの巨漢、なにより特徴的なのはそのドレッドヘアだった。タタキのときにピエロのマスクをかぶっていた生意気なガキだ。
この男の登場には安食と千木良も驚いたようで二人とも身を乗り出している。安食は不思議そうな顔でドレッドの男に聞いた。

「剛《つよし》、どうした？」

剛と呼ばれた男も困惑気味に答える。

「乙矢さんが来てくれって言うから」

その会話から二人が親子であること、それも今度ヤクザになろうとしている安食の末っ子だと察しがついた。千木良が剛に近づき、今は取り込み中ですからと退室させようとしたが、乙矢が待ってくださいと口を開いた。安食から怒号が飛ぶ。

「乙矢、どういうことだ！」

乙矢はしおらしい口調で言った。

「実は組長に謝らなければならないことがあります」

「謝るだと？」

「組長からは刃率会系列にタタキに行けと指示をされていたのですが、とんでもない間違いをしてしまったようです」

安食の表情がわずかに強張《こわば》った。乙矢はしおらしい態度で続ける。

「どうやら私たちは辰巳組の事務所に入ってしまったようでして」

「なにぃ！」

安食は驚嘆の声を上げた。今までの図式が崩れたことは分かるが、全体像は見えてこない。僕たちの入ったのが刃率会ではなく辰巳組系列だったとすればどういうことになるのか。安食はうろたえたように言葉を継いだ。

「刃率会にタタキが入ったという話があったじゃないか」

「おそらくそれは別の事件で、私たちが入ったのは辰巳組です。申し訳ありません」

頭を下げた乙矢に安食は声を荒げる。

「なんてことしてくれたんだ、お前」

「完全な私の不注意です。組長からははっきり指示を受けていたというのに、間違えたばかりか、私たちだけならまだしも、組長のご子息まで誘ってしまうとは」

ようやくピンと来た。これなら安食は身動きが取れなくなる。安食は剛に、憤懣《ふんまん》をぶつけた。

「剛、なにやったか分かってんのか」

「なにがだよ。全然分からねえ」

剛の頭では理解できないようだが、これが公になればあまりにも大きな問題になる。

安食組と辰巳組は代紋こそ同じだが、敵対派閥として存在している。辰巳組が東京に進出したことでシノギがバッティングすることもあり、いくつもの火種を抱えている。そんな状況で辰巳組系列の事務所にタタキが入った。実行犯が僕と乙矢だけならば安食組は素知らぬ顔をすればいい。顔見知りのガキがやっただけのことだ。だが、そこに組長の実子が加わっていたらどうなる。

こんなことが本家に知られれば厳しい処分は免れないし、最悪の場合、辰巳組との抗争に発展する恐れもある。なんにせよ安食組が途轍もなく面倒な立場に立たされることは確かだ。

僕は乙矢に目をやった。

その顔には研ぎすまされた知性の光が戻っている。

安食は動揺したように剛に聞いた。

「なんでタタキなんかしたんだ？」

「乙矢さんが小遣いくれるって言うからさ」

カッと頭に血が上ったのか、テーブルの上にあった灰皿をつかんだ。

「そういう問題じゃねえだろ！」

剛ではなく、隣の千木良に投げつけた。一瞬でスーツが灰にまみれたが、千木良は身じろぎひとつせず、直立不動を保っている。だが、その瞳には激しい憎悪が燃えたぎり、乙矢の顔に食い込むように視線が注がれていた。乙矢がおずおずとした口調で話しかける。

「組長、私が本家に謝罪にいきましょうか。それでおさまりがつくのならば」

「そんなことはしなくていい」

「では、どうすればいいのですか」

安食は苦々しい顔付きで答える。

「なにもしなくていい」

「なにもしなくていいんですか」

攻守は完全に逆転している。

「くどい」

「分かりました。では、このことは私たちだけの胸にしまっておきます。あと組長ひとつお願いがあるのですが」

「なんだ？」

「最近、私の方も稼ぎがキツいもので、月々五十万のところを当面免除してもらえませんか」

その瞳は真っ直ぐに安食を見据えていた。僕はこの強すぎる要求に息を呑んだ。さすがに見かねた千木良が声を上げた。

「てめえ、調子に乗りすぎじゃねえか！」

安食が千木良を諫める。

ぐっと乙矢のほうに身を乗り出した。

「お前の覚悟はよく分かった」

腹を決めたような響きがあった。

「了解してもらえるということですね」

「ああ、分かった。これからは油断ひとつするなよ」

安食の目は憎悪でギラギラと光っていた。千木良も射抜くような眼差しを向けている。一瞬でも隙を見せれば殺してやるとその目が言っている。乙矢は二人の感情を受け流すように答えた。

「これからも共存共栄でやっていきましょう」

乙矢が真っ直ぐ立ち上がった。その姿に胸が熱くなる。僕も慌てて立ち上がり、颯爽とした動作で事務所を去る乙矢の後に続いた。

6

「乙矢さん、鮮やかでした」

タクシーの後部座席で語りかけると、乙矢はぶっきらぼうに答えた。

「馬鹿なヤクザを相手にしただけだ」

「でも、なぜ、あそこまでするんですか」

最後に見た安食と千木良の目が忘れられない。ハメられた以上、引っくり返すのはいいとして、ケツ持ち代を免除させるのは憎悪を積み重ねる結果にしかならない。これは一瞬の勝利にはなったが、隙を見せればいつでも殺しにくるということだ。

「深い意味はない」

「でも……」

「あんな連中にうるさく言われたくないだけだ」

乙矢らしい答えに納得した。本当にそれだけのために命を賭けたのかもしれない。

「刃率会に入ったタタキというのは？」

「門脇にやらせた。やつなら内部のことをよく知っているからな」

門脇の名前は意外だったものの、刃率会系列に入ったタタキが乙矢の差し金だということは予想していた。組関係の事務所が連続してタタキに遭うことは考えにくい。安食たちの関心を逸らせる撒き餌に違いなかった。

「よくやりましたね。門脇さん」

「完全に乞食だったからな。しばらく飼うことにした」

「怖いこと言いますね」

破門されたヤクザの顚末《てんまつ》が恵まれていることはほとんどない。刃率会を破門された門脇は日雇い労働で食いつないでいる有様だったという。

「更に言えばやつが入ったのは比怒羅の加藤が仕切ってる詐欺グループだ。これであいつは俺から一生逃げられない」

門脇がやったと知れれば、環状連合を憎悪している加藤は迷わず門脇を刺すだろう。弱みを握られた門脇は乙矢の犬になるしかない。背中を冷たいものが走る。それは僕も同じだ。安食組、辰巳組、刃率会。三つの組織を敵に回した。これから僕はどうなるのか。

乙矢の横顔に目をやると、冷たい眼差しで僕を見ていた。乙矢は胸ポケットを探り、ＩＣレコーダーを取り出した。

「それは？」

「事務所の会話を録音したものだ」

「録っていたんですね」

このレコーダーがあれば、安食組も簡単には手が出せない。乙矢は胸ポケットにレコーダーをしまい、抑揚のない声で言った。

「来週は頼んだぞ」

息子の墓参りだ。僕は小さく頭を下げた。

7

小雨で道が煙っている。夕刻、僕は川崎の墓地に向かって車を走らせていた。すでに周囲は薄暗く、車ごと異世界に迷い込んでしまいそうだ。毎年決められたこの時間帯なのは、離婚した妻との間に取り決めがあるからだろう。

「真」

後ろから乙矢が呼んだ。

「お前もいい面構えになったな」

ハンドルを握る手に力がこもった。

「ありがとうございます」

「期待通りに育ってくれた」

言葉の意味を問い返しはしなかった。車内を沈黙が支配する。

「乙矢さん、変なこと聞いていいですか」

「なんだ？」

「乙矢さんって冷めているように見えるんですが、原因があるんですか」

バックミラー越しの乙矢は目を細めた。

「門脇から聞いてるのか」

目の前で子どもが転落死したという話だ。だが、僕は納得できなかった。たしかに計り知れないショックを受けただろうが、乙矢が克服できないものとは思えない。

「息子が死んだことをよかったと思ったときからだ」

一周忌の日、乙矢はタレント事務所の関係者としてバラエティ番組の収録現場にいた。

「タレントたちは、テレビに映るために必死で演技をする。その中には枕をしている者もいる。原型がなくなるほど、整形している者もいる。薬に溺れている者もいる。慈善団体のＣＭに出ているのに裏カジノで何百万も使う者もいる」

乙矢は、淡々と続けた。

「そんなタレントがもてはやされる。ディレクターやマネージャーが媚びを売る。その光景を見ているとき、俺は思った。こんな世界なら息子はなにも知らないうちに死んでよかったんだと」

そのときの寒々しい心象風景が僕の胸に伝わってきた。

「俺は自分の心が完全に冷え切ったことを知った。それ以来、なにをやっても面白いと思えたことはないし、心から笑えたこともない」

墓地に到着した。毎年、僕は車内で待っているが、今日は乙矢がついてこいと言った。車を降り、乙矢の後ろを歩く。霧のような小雨が、あらゆる輪郭をぼかしている。傘は差さなくていいんですかと聞くと、乙矢は天を仰ぎ、気持ちいいじゃないかと言った。

乙矢の息子が眠る墓石は奥まった場所にあった。悪天候に加え、夕暮れ時ということもあり、僕たちの他に人はいない。墓の周囲には木が生い茂っていて、この一帯は死角になっている。目を閉じたまま墓に手を合わせる乙矢の姿を僕は少し離れた位置から眺めていた。

8

目の前に妖《あや》しい光を放つ東京の夜景が広がっている。

この部屋に来るのはいつ以来なのか。乙矢が主催した忘年会に参加してから五、六年は経っただろうか。グランドハイアットの部屋から眺める夜景は、毛細血管が張り巡らされたように、蠕動《ぜんどう》し、輝いていた。

部屋に明かりはつけていない。この部屋には僕以外に誰もいない。背後からは雑音が聞こえる。テレビをつけたままにしている。そこから流れるニュースだ。

「先日、川崎の墓地で二人の男性の遺体が見付かったニュースです」

女性キャスターの声が聞こえた。僕は振り返ることはせず、夜景に目をやっていた。

「二人の男性の身元は、環状連合OBで元リーダーの乙矢恭一《きょういち》さんと、比怒羅の元リーダーの加藤正二《せいじ》さんということが分かりました。警察では二人が敵対する、いわゆる〝半グレ〟と呼ばれる新興マフィアグループの中心的人物であるとして捜査を進めています」

乙矢の息子の墓前に、乙矢と加藤の遺体が並んでいた。加藤の側には乙矢を刺したナイフが転がり、乙矢は加藤を貫いたナイフを握ったままだった。

番組には少しはまともなリサーチャーがいるらしく、昔、環状連合と比怒羅が解散をかけて対立した飛鳥山戦争について説明をしている。番組も警察も二人が過去の因縁から殺し合ったのではないかと決めつけているようだった。

加藤が乙矢を刺したときのことが頭をよぎる。

乙矢が息子の墓に手を合わせていると、足音が聞こえた。顔を向けると、木の陰から黄色い物体が飛び出してきた。金髪の頭——加藤だった。真っ直ぐ乙矢に向かっていく加藤の手にはナイフが握られている。

気配に気付いた乙矢が加藤のほうを向いた。その顔に驚きの色はなく、こうなることを知っていた余裕さえ感じさせるものだった。加藤が乙矢にぶつかっていく。何度もナイフを突き立て、乙矢は地面に尻餅をついた。

僕はその光景を意外な思いで見ていた。なぜ、乙矢はされるがままにしているのか。思わず声を上げると、加藤は僕のほうを向いて、お前がやらせたんじゃねえかと言った。加藤をその場に呼んだのは僕だった。

墓参りの日、それは僕が唯一乙矢が確実に立ち寄る場所と時間を知っている日だ。安食組からの帰り道に乙矢は、加藤が面倒を見ている事務所に門脇をタタキに入らせたと言った。加藤にそのことを伝えるだけで、殺気を誘発させるのには充分だった。

安食組の一件で手綱を握られた僕は乙矢を狙った。だが、心のどこかで乙矢の切り返しを期待していた。それがこんなにあっけなく刺されるとは。

動揺している僕に加藤が近付いてきた。加藤はこの場から逃げ出したがっていた。僕はポケットからナイフを取り出し、無防備になっている加藤に突き立てた。加藤が組み付こうとしてきたので突き飛ばすと、地面に転がった。

僕が一歩歩み寄ると、怯えたように口元の傷がひくつく。どういうことだと聞かれたが、僕にも分からなかった。ただ苛立っていた。

なにも持っていない左手を伸ばすと、大きな動作で振り払う。その隙に滑り込ませるように、右手のナイフで胸をひと突きにした。戸惑いと怯えを顔に張り付かせたまま加藤は仰向けに倒れていった。

乙矢に近付くと、真っ青な顔で項垂《うなだ》れている。腹部に目をやると、ナイフの裂傷でぼろぼろになったワイシャツは赤く染まり、その血は周囲の地面に薄く広がっていた。

「乙矢さん」

乙矢は薄く目を開けた。

「これが望んだことですか」

乙矢は苦笑をして、じっと僕を見た。そのとき、その瞳の奥にあったものが乙矢の中から僕の中に移ってきた気がした。乙矢は答えることなく頭を垂れた。

僕は突然足場を失ったように、その場に立ち尽くしていた。だが、動かなくなった乙矢を見ているうちに、ひとつの確信を抱いた。

これはいつかの自分の姿に違いない。僕も乙矢と同じように生き、こうして誰かに刺されるのだ。加藤を刺したナイフから指紋を拭って、乙矢に握らせる。そのまま墓地を出て車で走り去った。

ニュースはいつの間にか違う内容に移っていた。ポケットの中でスマホが震える。

電話を取ると、千木良の横柄な声が聞こえた。

「お前なのか？」

「なにがですか」

「乙矢の件だ」

「違いますよ」

僕が言うと、千木良は少し黙った。

「環状連合はこれからどうする？」

「私が仕切ります」

「じゃあ、今度挨拶にこい」

千木良はすでに乙矢がいないことを割り切ったようだ。僕は千木良の言葉を鼻で笑った。

「挨拶に来るのはそちらじゃないですか」

千木良は声を荒げたが、僕は淡々と言った。

「この間の会話を録音したレコーダー、預かっているのは私です」

墓地を後にした僕は、乙矢のマンションやいくつかのヤサを探り、レコーダーをはじめとして、現金、他人名義の通帳、詐欺グループの名簿、複数のレンタル携帯などを入手した。

「共存共栄でやっていくか、両方とも倒れるか。いいカードを持っているのはこちらですよ」

「お前、本当に真か」

「俺を脅す気か」

答えずに電話を切った。

これからやらなければならないことは多い。弱体化しつつあるグループの再建、新たなシノギの考案、警察の締め付けに対する抜け穴の模索、安食組との対立、それらのことを思うと胸が昂《たかぶ》る。

僕はまた窓の外に目をやった。

六本木ヒルズの下に毛細血管のように広がる街、まがまがしく妖しい光を放つ、この一帯。僕はそこに嫌悪感とともに郷愁を感じている。

人と金、そして欲とが混ざり合う街、ここが僕の仕事場だ。

いつか誰かが刺しにくる。

それまでの間、僕は乙矢の代わりにこの街を輝かせ続ける。

SPECIAL THANKS：
丸山ゴンザレス、輪入道、キメねこ、林檎蜜紀、usagi、勝浦、一人、章寛、D.O and 9sari group、りょう、よっしー、祐二郎、池間、カズー、権田、よよ、松本監督、荒井先輩、はじめ、ひろし、舐達麻、RAIZEN、焚巻、BAN and INSIDE FAMILIA

著者略歴

草下シンヤ（くさか・しんや）

1978年、静岡県出身。豊富なアンダーグラウンド取材をもとにドラッグや裏社会に関する著作を多数発表。『裏のハローワーク』（彩図社）『闇稼業人』（双葉社）『東京ドラッグ・ライフ』（河出書房新社）などを上梓。漫画原作者として『ハスリンボーイ』（小学館）、『帝国の神兵』（KADOKAWA）なども手掛ける。

※本作品はフィクションであり、実際の個人・団体とは一切関係がありません。また、作中に描かれた出来事や風景、建造物などは現実と異なっている点があることをご了承ください。

半グレ

2020年4月7日第一刷
2021年5月19日第四刷

著　者　　草下シンヤ

発行人　　山田有司

発行所　　株式会社　彩図社
東京都豊島区南大塚3-24-4
MTビル　〒170-0005
TEL：03-5985-8213　FAX：03-5985-8224

印刷所　　新灯印刷株式会社

URL：https://www.saiz.co.jp

 ISBN978-4-8013-0440-6　C0193

本書は講談社より2012年9月に刊行された同名書籍に加筆修正を行い、文庫化したものです。